世界少年经典文学丛书

好兵帅克历险记

[捷克]哈谢克　著
罗　斌　编译

中国出版集团　现代出版社

图书在版编目(CIP)数据

好兵帅克历险记 / (捷克) 哈谢克 (Hasek,J.) 著 ; 罗斌编译. —北京 : 现代出版社, 2013.2

ISBN 978-7-5143-1299-7

Ⅰ. ①好… Ⅱ. ①哈… ②罗… Ⅲ. ①长篇小说-捷克-现代-缩写 Ⅳ. ①I524.45

中国版本图书馆 CIP 数据核字 (2013) 第 021782 号

作　　者　哈谢克
责任编辑　刘　刚
出版发行　现代出版社
通讯地址　北京市安定门外安华里 504 号
邮政编码　100011
电　　话　010-64267325　64245264(传真)
网　　址　www.xdcbs.com
电子邮箱　xiandai@cnpitc.com.cn
印　　刷　三河市嵩川印刷有限公司
开　　本　700mm×1000mm　1/16
印　　张　9
版　　次　2013 年 2 月第 1 版　2021 年 8 月第 3 次印刷
书　　号　ISBN 978-7-5143-1299-7
定　　价　29.80 元

序　言

孩子是未来的希望，是父母心中的天使，是充满快乐的精灵。小学阶段更是孩子最快乐的时光，是孩子成长发育的黄金阶段。为了让孩子学习更多的课外知识，享受更加丰富的学习乐趣，我们策划了本丛书！

从小让孩子多读课外书，对培养孩子健康的心态和正确的人生观无疑将起着非常重要的作用。自《语文课程标准》公布以来，不少富有敬业精神、有才干的教师，在他们的教学中，担当起阅读教育的重担。他们在严谨的选材中，利用丰富的文学资源，向学生推荐了大量优秀的课外读物，实施了以“练成阅读和作文的熟练技能”为重要内容的阅读教育。大千世界充满了丰富的知识。阅读能丰富小学生的语文知识，增强阅读能力，提高写作水平，开阔视野，增长智慧。阅读本丛书，能够使孩子享受到阅读的快乐，激发起更浓厚的阅读兴趣，孩子的生活将充满新的活力与幸福！本丛书精选了世界名著和中国经典书目中流传最广、影响最大、最脍炙人口的作品，是培养小学生理解能力、记忆能力、创造能力的最佳课外读物。

最后需要指出的是，本丛书把世界上流传甚广的经典童话、寓言等也尽收其中，并将这些文学作品重新编写审订，使作品在不影响原著的基础上更适合少年儿童阅读，在丰富他们课余生活的同时提高语言和文字表达能力。本丛书通过科学简明的体例、丰富精美的图片等有机结合，使小读者不仅能直观地领略作品的精髓，而且还能获得更为广阔的文化视野和愉快体验。希望本丛书能成为孩子生活的一缕阳光照亮孩子前进的道路，能成为一丝雨露滋润孩子纯净的心灵。

编　者

目　录

第一章　好兵帅克的“世界大战”……………………………… 1
第二章　好兵帅克在警察署里……………………………………… 9
第三章　帅克在法医面前 ………………………………………… 17
第四章　帅克被赶出精神病医院 ………………………………… 23
第五章　在萨尔莫瓦街的警察署 ………………………………… 27
第六章　帅克冲出迷局重返家园 ………………………………… 33
第七章　帅克应征入伍 …………………………………………… 42
第八章　帅克装病成为逃兵 ……………………………………… 47
第九章　在警备司令部的拘留所里 ……………………………… 60
第十章　帅克当了军营神父的勤务兵 …………………………… 78
第十一章　帅克随神父去战场做弥撒 …………………………… 96
第十二章　一场关于部队宗教的辩论…………………………… 104
第十三章　帅克为他人举行终傅仪式…………………………… 110
第十四章　帅克成为上尉的内勤兵……………………………… 113
第十五章　灾难来临……………………………………………… 127

第一章 好兵帅克的“世界大战”

“我们的斐迪南被人杀害了。”女佣人对帅克先生说道。几年以前，帅克被军医审查军委会鉴定为智障后，被迫退伍回到了故乡，此后就以贩狗为生，并且为杂种狗伪造正宗血统证明书。

除此以外，帅克先生还患有严重的风湿病。这时他正在膝盖上涂着樟脑油。

“哪个斐迪南被杀了，夫人?”帅克问，“我认识两个斐迪南。我认为这两个斐迪南杀掉哪个都没什么值得惋惜的。”

“但是，被杀的是斐迪南大公呀！就是那个又胖又虔诚、住在科诺皮什捷的那个。”“我的天啊！”帅克大声地尖叫了一声，“这可真是太棒了！在哪里被杀的?”

“他是在萨拉热窝被枪杀的，他们用的还是左轮手枪呢！当时他正陪着夫人坐在小汽车里兜风呢！”

“这可真够神气的！米勒夫人，他坐的还倒真是小汽车呀！不过他却没想到，坐小汽车兜一下风就命丧黄泉了。况且还是在萨拉热窝被杀，这不是波斯尼亚省么，米勒夫人？那也许是土耳其人干的。我们根本就不该把波斯尼亚和黑塞哥维那抢过来。结果怎么样啊，这不是要了那位大公的小命！他是不是受了好半天罪才身亡的?”

“不，当场就死掉了。人人都知道，那些左轮手枪可是玩不得的。不久以前，我的故乡努斯列有一位先生也持着一把左轮手枪玩。结果一家人全都挨了枪子，甚至跑到四楼去看谁在放枪的门房，也全都送了命。”

“不过，米勒夫人，有一种左轮手枪，就是用力地扣动扳机，也不会打出火花，这种东西倒还挺多的。但是他们杀害大公的那种左轮手枪肯定比我说的那种要强上百倍，您敢跟我打赌吗？米勒夫人，杀害大公的那个人，当天他的衣着肯定非常体面。当然，对准大公开枪是件很困难的事，绝对不会像打猎者对准猎物开枪那样轻而易举。最重要的是用尽心思去接近，因为像他那样有声望的人物，穿着不体面怎么接近他？你肯定得戴一顶礼帽，否则还没等有机会下手，警察就将带走了。”

“据说他们是一个团伙。”

“这就对了，米勒夫人，”这时已经按摩完膝盖的帅克说，“如果是您想去杀掉一个大公或皇帝什么的，您肯定会请人密谋一下，人多智广嘛！就好像我们的国歌所唱的那样，功德圆满、事业成功。您还记得当年我们可怜的伊丽莎白皇后的鲁谢尼尔先生就是被一把锉刀捅死的吗？他那时就是陪着伊丽莎白皇后一起散着步。真所谓知人知面不知心！当然，从那以后，伊丽莎白皇后就没有再出来散步了。其实这样的事情还会很多，各个挂上号的大人物都将逐个轮到。您等着看吧，米勒夫人，我们的沙皇和他的皇后早晚也会有同样的下场。不过——但愿上帝保佑不要再这样，可能有一天我们的皇帝也会在劫难逃，因为这位皇帝的仇人比斐迪南的还要多。正像前不久有一位朋友在酒馆里说的那样，‘他们早晚也会落到如此下场，就算是国家的军队也保护不了他们。’只可惜我那位潦倒的朋友付不起酒钱，老板无奈叫来了警察，他却扇了老板和警察几巴掌。当然，后来就被警察装上囚车押走了，他们肯定会狠狠的教训他的。哎，米勒夫人，你肯定见过很多诸如此类的事吧？想当初，在我服役的那个军队里，一个步兵拿着一杆上了膛的步枪，走进了大尉的办公室，办公室里的人警告他不可以在这里乱走动，可他却在那儿依然故意的走来走去，并且告诉大家他来只是和大尉谈话。大尉走出来，命令他不准离开营房一步。可他却举起步枪，对准连长胸膛扣动了扳机，只听‘砰——’地一声，子弹从大尉的后背射出，顿时办公室里乱作一团。”

“后来怎么处置他的？”米勒夫人问，这时帅克已经穿上了他的外套。

“用腰带上吊了。”帅克一边刷着自己的大礼帽一边回答说，“从看守那借了一条腰带，然后就这样结束了自己的生命，腰带就成了自杀的工具。您说他还用得着别人来枪毙么？谁都知道，米勒夫人，什么人遇到这样的事都会掉脑袋的。那看守的就更不用说了，他也被牵连到丢了工作，还要再关六个月！可是，他没有等到服刑期满便逃到瑞士去了，现在在一个教会里面传经诵道。米勒夫人，我认为斐迪南大公在萨拉热窝看错了枪杀他的那个人。可能把他当成了绅士——一个正派的人，满口的甜言蜜语、歌功颂德。但没想到竟是这位看错了的‘绅士’结束了自己的余生。斐迪南身中多少抢?”

“新闻报道说袭击者把大公肥大的身躯当作一个靶子，当时子弹像流星雨似的射向大公。”

“干得太漂亮了，米勒夫人，干净利落。如果是我干这事，非买支勃朗宁不可。这种手枪看上去就像个玩具，但它用两分钟枪杀一个人已经绰绰有余了，不管他的身体的胖瘦。不过，说实话，米勒夫人，还是胖人比较容易打啊。也许人们现在还都不能忘记当年葡萄牙人是怎样枪杀他们的国王的，太肥当然是枪杀成功的一个重要因素。我该回‘杯杯满’酒馆去了。如果有人来带那条短毛歪腿的狗回家的话，麻烦您转告他，我把它放在乡下的养狗场里了。因为前几天的时候，它耳朵上的毛被我剪齐了，如果还没有长长的话最好不要带回去，不然会感冒的。您将钥匙交给那位看门的女人吧!”

“杯杯满”酒馆里只坐了一位顾客——便衣侦探。酒店老板巴里维茨正在洗着各种玻璃餐具。布雷特施奈德想方设法要和他谈点正经事，可却不知从何谈起。

老板巴里维茨是位远近闻名的粗人，满嘴的脏话。但他却满腹经纶，常常奉劝别人都去读一读雨果的文章，特别是关于拿破仑的那一本书里的最后一章一位老近卫军在滑铁卢战役中答复英国人的那一段。

“这就是他在萨拉热窝惹下的蠢事。”布雷特施耐德立刻接上一句。

“在哪个萨拉热窝啊?”巴里维茨反问了一句，“是那个叫努赛尔那个酒店吗?在那里打架太正常了，几乎大家都知道的。”

“是波斯尼亚的那个萨拉热窝，老板先生。斐迪南大公在那儿被他们枪杀了，不知道您有什么想法?”

“我不想理会这些不关我的事情。”巴里维茨先生非常粗鲁地回答，与此同时点上烟斗说，“现在，谁他妈的要是跟这种事情纠缠在一起，那还不是自寻死路。我是做生意的，顾客来了想要喝杯啤酒，那我就给他倒上一杯。我才不管什么萨拉热窝事件，这些他妈的都跟我没有一点儿屁关系，谁想怎么议论就怎么议论去，谁想管就去管这类糗事吧，我敢肯定他是在寻找刺激的，那就等着去庞克拉茨监狱吧。”

布雷特施奈德没有继续说下去，他将空无一人的酒馆环视了一圈，一种失落从他的内心油然而生。

“在这里曾经挂过一张皇帝的图像啊！”稍停片刻布雷特施奈德绞尽脑汁地说，“而且就在您现在挂镜子的那个地方。”

“是的，没错！”巴里维茨回答说，“以前就是挂在那里的，可苍蝇总是围绕着画像飞来飞去，然后再落上面排粪，我不得不把它挪到了房顶与天花板之间的顶间处，而且放在那里我也不会惹上麻烦。您也知道，如果哪天碰上个爱扯的，也许就大难临头，我他妈的犯得着这样吗？”

“萨拉热窝那个地方肯定糟糕得无法想象，老板先生。”

对这种直言不讳的狡猾提问，巴里维茨先生的回答向来都是格外的谨慎小心。“嗯，在波斯尼亚和黑塞哥维那，那里的天气一直都很炎热。记得当年我在那里服役的时候，士兵们都要往我们上尉先生的头上放冰块的。”

“您还记得是在哪个团服役吗，老板先生？”

“这种小事都过去那么久了我早给忘记了，再说对我来说这种糗事根本不会引起我的兴趣，而且也没必要去打听，”巴里维茨先生回答说，“要知道爱管闲事就会招惹是非。”

听到这儿，这位便衣侦探布雷特施奈德也无语了。他那有点儿阴沉的表情直到帅克的到来才变得好起来。帅克刚刚跨进酒馆门槛，就要了一杯黑啤酒，说道：“如今黑纱也该轮到维也纳披了。”

此时，布雷特施奈德的眼睛里突然闪出了希望的光芒，立刻接上一句：“科诺皮什捷也有十幅黑纱披挂在国旗的两旁？”

“嗯，应该挂上十二幅。”帅克猛地喝了一大口啤酒说道。

“您为什么认为应该挂十二幅呢？”布雷特施奈德怀着好奇的心思询问道。

“呵呵，好记呗！这样正好一打嘛，也比较好算账。成批成打的买肯定要比零买便宜呀。”帅克回答说。

酒馆里又是好一阵子的沉默。直到帅克的一声叹息才打破这有些郁闷的气氛。“咳，难道这就是翘了辫子吗？还没有等到当皇帝的那一刻，就这样命丧黄泉了。回想当初我服兵役的时侯，也有一个将军从马背上面摔了下来，当时士兵们还想帮着把他扶上马背，可是仔细一看，咳，居然断了气，当场摔死。他原来也是准备要升为大帅军衔的，但却在这场军事演习中稀里糊涂地丢掉了性命，这种演习总是给大家带来悲剧。听说在萨拉热窝也有过类似的演习。记得有一次我还亲身体验了呢，结果由于他们发现我的军装上的扣子不够，因此便将我软禁了两周。刚开始的两天我简直就像个废人一样，因为他们将我的手和脚都捆绑在一起，还不停地让我翻着跟头。不过，反过来说，军队就是军队啊，必须遵规守纪，如果大家都我行我素，没有规矩，没有纪律，那还是军队吗？我们军队的马科维茨上尉经常训诫说：‘对你们这帮就必须得讲军规军纪，而军队就是要把这群猪猡变成人。’有什么错误呢？假如就在布拉格的卡尔拉克街心公园里的每一棵树上，都蹲着一个像猴子一样的大兵，想想看，那会是一种什么样的场面？”

“萨拉热窝事件是塞尔维亚人做的吧？”布雷特施奈德又继续试探性的想从这些人们口中得到一些消息。

“也许您说的不对，”帅克回答说，“是土耳其人做的，他们是为了波斯尼亚和黑塞哥维那这两个省联合起来干的。”接着，帅克就凭着对奥地利当局对巴尔干半岛的外交政策理解说出了自己的见解：“土耳其人于1912年输给塞尔维亚、保加利亚和希腊，他们想让奥地利出来支援，可是奥地利却不答应，所以他们就把斐迪南给杀死了。”

“您喜欢土耳其人吗？”帅克转过头来问老板巴里维茨，“信奉邪教的狗你也喜欢？我敢肯定您不会喜欢他们，不是吗？”

“顾客永远是上帝，”巴里维茨说，“就算他是土耳其人，但是对于我们做生意的人来说，你们只要付了酒钱就尽管坐下来饮酒，随便你们讲什么，我不管。咳，更没必要管杀死斐迪南大公的是他妈的塞尔维亚人还是土耳其人，是天主教徒还是伊斯兰教徒，是无政府主义者还是小捷克党人，这些都跟我无关。”

“那好吧，老板先生，”布雷特施奈德一直想在这两个人中找到一个口实，终于抓住了他的漏洞，“可是您不觉得这件事对奥地利是个非常大的损失么?”

帅克紧接着说:“当然,损失是无法避免的,并且这个损失惊人可怕。没有人能够一下子代替斐迪南的。不过如果他再胖点就好了。”

“您这是什么意思啊?”布雷特施奈德显得较真了。

“你还不懂吗?”帅克回答道,“我的意思是说,如果他长得再胖一些的话,也许当他还住在科诺皮什捷城堡时,在不停地追赶他所管辖区域里那些拾柴火、采蘑菇的妇女和老太太们时就已经中风死掉了。无论人们怎么议论,他好歹也算是我们皇帝的叔父啊,但是他们却把他给枪杀了。所有报纸的头版新闻都在议论着。几年前,在我们故乡布杰约为策的集贸市场上,一个叫普谢季斯拉夫·卢德维克的牲口贩子,就因为一点儿口角,结果就被人拿刀捅死了。这个卢德维克的儿子叫博胡斯拉夫,因为这件事人们都不敢再买他的猪了,人们都指着他说道:‘他就是那个被捅死的人的儿子,或许他也是个无赖,结果,他的儿子无路可走,只好从克鲁姆洛瓦桥上纵身跳入伏尔塔瓦河。大家还不得不下水去打捞他,为了抢救他,医生给他注射了一针药水,这样他才逃过一劫。”

“您的话题是不是跑太远了,”布雷特施奈德意味深长地说,“您开始说的是斐迪南大公,现在怎么又扯出了个什么牲口贩子来?”

“可能是您理解错了,”帅克辩解道,“我敢跟上帝发誓,我从来不会拿别人做比较的,老板是知道我的,不是吗?我只不过对大公的那位寡妇表示同情与担心。留下了一群孤儿寡母,科诺皮什捷领地没有了主人。难道再嫁给一个新的大公?又将会是什么样的结果呢?当她和新的大公再次去萨拉热窝时,也许她还要再体会一次做寡妇的滋味。多年前,在赫卢博卡不远的兹利维那有个护林人,名字非常古怪,叫什么平倈儿。有一伙偷猎者打死了他,留下了一位寡妇和两个孩子。一年以后她又嫁给了一个叫佩皮克·夏袄洛维茨的护林人,悲剧重演,结果她的丈夫又被枪杀掉了。这个寡妇第三次嫁的人,仍然是一个护林人,但是她自我安慰的说道:‘这样的事情不会总发生在我身上的。如果我的第三位丈夫依然遭受同样的悲剧,那我真不知道该如何面对这残酷的现实了。’谁知道,她的新丈夫还是不能幸免于难。她跟这三个护林人总共生了六个孩子。实在无奈,她不得不去赫卢博卡地区爵爷府的办公室诉说自己悲惨的命运。于是爵爷府的人就给她介绍了一位从拉日茨堡来的名叫雅列什的捕鱼人。没想到当她的渔夫丈夫在鱼塘捕鱼时又被人给溺死了。这时她已经又生了两个孩子。不久又跟一位猪贩结婚，而这位屠夫却在一天夜里用斧头将她劈了，之后去自首。当皮塞克法庭准备将他吊起来上刑时，这个屠夫竟然一口咬下了神父的鼻子，说他没什么可值得忏悔的，同时还说了一些不干净的话来污蔑陛下。”

“那么您知道他说陛下什么话吗?”布雷特施奈德以一种急切的声音急切追问道。

“这个我可不能说，谁都不敢重讲。听说那话说得非常难听并且很吓人，一位法院审判官听了后当场就给吓疯了，直到现在还被关在隔离室里，怕他出来将此事给宣扬出去。这件事可不同于酒鬼喝醉后对皇帝的辱骂。”

“那些酒鬼又是怎么辱骂陛下的呢?”布雷特施奈德继续追着问。

“唉呀，先生们，我们换个话题吧!”巴里维茨老板说，“你们知道，我从来都不乱谈这种话题。虽然闲扯但最后不又惹上麻烦了吗?”

“您问酒鬼们是怎么咒骂陛下的?”帅克重复了一遍后说，“骂什么的都有。您试试看看，您先将自己给灌醉了，接着唱奥地利国歌，那您肯定就要开始骂起皇帝老儿来了。那些辱骂的话哪怕只有一半是真的，那也够皇帝一辈子下不了台的了。不过说真的，皇帝还没到该死的地步，要不他肯定受不了了。就说这几件事儿吧，皇子鲁多尔夫正值年轻却不幸夭折，至今死因不明；皇后伊丽莎白被人给捅死了；紧接着，弟弟杨·奥尔特至今生死未卜，杳无音讯；甚至在墨西哥的皇帝的一个哥哥也在碉堡的墙根前丧了命。如今他长辈叔叔又被人杀害，只有有一副铁石心肠，钢铸的神经才能承受得住这些沉重的打击啊！如果碰上一个酒鬼，发着酒疯，跟着大骂起陛下来，他怎么能受得了啊！不过如果今天打起仗来了，我会第一个帮助皇帝，就算粉身碎骨我也心甘情愿。”

帅克喝了一口啤酒跟着说道：“您认为陛下真会置之不理吗？那您对他就太不了解了。您今天记住我这句话，我们早晚要和土耳其人干仗。哼！你们竟然把我的叔叔给杀害了，我早晚会狠狠地教训你们。塞尔维亚和俄国在未来这场战争当中一定会助我们一臂之力的。”

帅克预言未来的神情实在感慨动人。他满脸纯真灿烂的笑容。他认为一切事情都会顺着他理解的方向进行。

"也许是这样的，"帅克继续表达着他对奥地利前景的看法，"德国人同土耳其人是绑在一起的，如果我们和土耳其开战，德国人就会帮助他们来攻击我们，他们都是超级浑蛋。但咱们也有可能和法国人联手，法国从1871年起就跟德国埋下了仇恨的种子。咱们走着瞧吧。"

布雷特施奈德站起身来严肃地说："那您就什么都别说了，您跟我来，我有话对您讲。"

帅克紧随便衣侦探来到了过道里，之前还是他邻座酒客的人，现在却向他出示了有双头鹰秘密侦探的证章，而且宣称要立刻逮捕他，并送往警察署。帅克非常吃惊并且竭力辩解，表示一定是在某件事上让这位先生对自己产生了误解，自己压根就没有罪，连一句可能会得罪、伤害别人的话都没有说过。

而布雷特施奈德侦探却对他说，他已经触犯了好几条刑律，其中最重的一条就是叛国罪。

然后，两人一起返回了酒馆，帅克对巴里维茨先生说：

"我总共要了五杯啤酒，一个夹香肠的月牙面包。现在您再给我倒一杯李子酒，喝了这杯酒我就必须要走了，因为我被捕了。"

侦探掏出双头鹰证章给巴里维茨看，缓缓地对他说道：

"您结婚了吗？"

"结了。"

"您夫人能不能照顾酒馆生意，假如您不在的话？"

"能。"

"那好，一切就都好办了，老板先生，"布雷特施奈德高兴地对老板说，"那您就把您夫人叫来，将酒馆生意交给她，我们晚上过来拘捕您。"

"不用着急，"帅克安慰老板说，"我只是犯了叛国罪被抓的。"

"可我又为什么呢？"巴里维茨先生抱怨道，"我一直都是十分小心的！"

布雷特施奈德微微冷笑，狡猾地说道：

"就为您刚才说苍蝇在皇帝的画像上屙满了屎！记住，我会让您把对陛下的种种该死的不忠想法统统都说出来的。”

帅克依然面带微笑，跟着便衣侦探从“杯杯满”酒馆走了出来。当他们走上大街的时候，帅克就问侦探：

“我要在人行道上爬着走吗?”

“为什么?”

“既然我被你们逮捕了，也许就没有权利在人行道上挺着身板地走。”

当他们两人踏入警察署的大门时，帅克便说：

“不知不觉中竟然舒舒服服地溜达到这里来了。您是‘杯杯满’的常客吗?”

当帅克被他们带进传讯室时，酒馆老板正在“杯杯满”酒馆向自己那泪光满面的夫人交待以后的生意，并用自己独特的方式安慰她说道：

“你也不要哭了！我就不相信为了那张挂满苍蝇屎的皇帝画像就能把我给杀了!”

帅克用他那很可爱而又极其动人的方式预言了将要发生的世界大战。他对于未来有着如此的远见卓识，历史学家也会对此事颇感兴趣的。但是，如果将来事态的发展同他在酒馆发表的高见有些相背离的话——帅克从未全面地接受过外交知识的教育。

第二章　好兵帅克在警察署里

萨拉热窝的刺杀事件导致警察署里挤满了人，大概全部是被他们抓进来的，而传讯室里的老巡警却心平气和地对他们说道：

“因为这个斐迪南把你们自己都当陪猎物抓进来那是真的不划算啊!”

帅克被关在二楼的一间牢房，里面有六个人。其中有五个人围桌而坐，只有一个中年男子，仿佛在故意避开大伙，独自在里面的一只草垫上坐着。帅克开始询问他们被逮捕的原因。

他们异口同声地说道："都是因为萨拉热窝的事。""都为那个斐迪南。""都因为那大公被枪杀的事。""为了那个斐迪南。""就为了那个大公在萨拉热窝被杀害的事。"

坐在草垫上的人依然对那五个人的回答不理睬，他不想和他们打交道，是害怕被一起搅进去。他被逮捕的原因是他企图对霍利茨的一名老板进行行凶抢劫。

因此帅克就跟围桌而坐的五个叛逆分子坐在了一起。他们分别将如何被关进来的经过反复地说了十几遍。

除一个人外，其他的全都是在饭馆、酒店或咖啡馆这类地方被抓过来的。那个人是一位有着肥胖身躯，戴着一副眼镜，两只眼睛里一直泪汪汪的人。他是在家被警察抓的，在萨拉热窝刺杀事件发生的前两天，他正在"布莱依什卡"酒馆请两名塞尔维亚的理工科大学生喝酒，然后被便衣侦探布里克斯发现他们在链条街的"蒙玛特"一家酒店喝得烂醉。他在审讯记录上已经签字供认，连酒钱都是他付的也记录上了。

这个人回答所有问题的答案都一样且哭泣着说：

"我是开文物商店的啊。"

他得到的答案总是：

"这个不能够成为宽恕您犯罪的理由。"

而那个在酒馆里被捕的小个子是位教授，当时他正在跟酒馆老板讲述各种暗杀手段的历史，并且准备用一句话来为每件暗杀案的心理下定义："暗杀的思想简单得就和'一个鸡蛋能被哥伦布竖起来'一样。"

"还有一件同样简单的事情，那就是庞克拉茨监狱正在恭候着您的大驾。"一名暗探在听过他的高见后对他的话作了这样一句补充。

第三位叛逆分子是霍特科维奇地区的"慈善心肠"慈善会会长，在刺杀事件发生的当天，他们的慈善会恰好在举行一场隆重的花园音乐会。而这个时候警察大队长到了，说是奥地利有了丧事，命令驱散听众，取消音乐会。但是这位会长好言相求："请稍等一会儿，让他们把《嗨，斯拉夫弟兄们》这首歌曲演奏完再结束可以吗？"

可惜现在，这位会长一脸沮丧地坐在这里哭诉道：

"新的理事会在 8 月份就要举行了，如果到时候我不能出席，就可能落选。知道吗？我担任会长已经10年了，这样的奇耻大辱让我如何承受得了？”

斐迪南的死怎么就无缘无故地落到这倒霉的第四位被捕者头上，他其实可以说是一位品德纯洁高尚、心地善良的厚道人。两天以来他一直守口如瓶，避而不谈这件事情，只字不提斐迪南这三个字。原来是当夜晚降临时，他到咖啡馆去玩扑克牌，红桃皇后K被他们用王牌红桃“7”给干掉了，他只是随口说了一句：

“我被他们用红桃‘7’给干掉了，就像是萨拉热窝的那件事一样。”

至于第五位，他承认自己是由于说了“大公在萨拉热窝被刺杀”才被抓到这里来的，一直到现在他还没有消气，以至于他的胡须直翘，脑袋就像是关在牲畜栏里的哈巴狗。

这个人在他被捕的饭馆里独坐，连刊登了有关斐迪南事件的报纸都没有读过。他独自一个人坐在饭桌旁，然后进来一个不知底细的人在他的对面坐了下来，张嘴问他：

“你肯定会对大公被害这事感兴趣。”

“我就是不懂，我凭什么就要对这件事情感兴趣呢？我只管抽我自己的雪茄，喝我的酒，吃我做的晚饭，而且我报纸都不看，因为报上讲的都是谎话。”

“就是萨拉热窝的刺杀案都不能引起你的兴趣吗？”

“任何的刺杀案都吸引不了我，不管它是发生在布拉格、维也纳、萨拉热窝还是伦敦。如果和这种事纠缠到一起，那就快要进衙门、法庭和警察署了。假如说某个人在某时某地被杀，那也是他活该，谁让他那个笨蛋不警惕点，让人家给杀害了呢！”

这一段话便是他在这场对话中的最后一段。此后，每隔五分钟他就会放开嗓门高喊一遍：“我是无辜的呀！”

无论走到哪里他都会嚷这句话，从他跨进警察署的大门开始，到布拉格刑事法庭，直到进了牢房这句话依然在他口中不停的嚷着。

帅克在听完有关他们所谓叛国的经历后，觉得应该指出他们所处的情势是没有一点儿希望了。

“所有情况似乎都不太顺利，”他开始安慰他们，“你们说，我们中的任何一个人，不都是因为乱说话才被逮捕的吗？国家要警察来就是为惩治摆弄是非的人。时局已经危急到了连大公都吃了枪子的时候了，像我们这样的人被警察抓了来又能怎么处置呢？他们这么做的动机，无非就是想要让斐迪南的葬礼办得隆重一些赶紧抓捕更多的人来，我们在这里也不觉得闷得慌，大伙是否会不开心？想当初，我在部队当兵的时候，连队半数以上的人全都被关了起来，还有很多无辜者被判了刑。这不仅在军队，就是在法院里也一样。曾经有一次，一名妇女被判为双重谋杀罪，法官说是她掐死了刚出生的双胞胎。可是她对天发誓，说她只生了一个小女孩并且没有让她受任何痛苦就结束了她的生命，怎么可能杀死双胞胎？诸如此类的事太多了，还有住在萨别赫利的一个吉卜赛人，警察坚持说他深夜闯进了一家杂货铺，抢走了人们圣诞之夜献给上帝的供品，尽管他发誓说他只是进去暖和了一下，可仍然无济于事。假如你栽到法官手中，那就百口莫辩了，虽然他们有时也认为这些人不全是有过错的。但在如今的社会，特别是在斐迪南被刺的这个关键时期，好人跟坏人简直就是难以分清的。想当初，我在布杰约维策服役时，大尉的一条狗在操练场后面的树林里被人给打死了。大尉知道以后，立即命令全连紧急集合，要我们排队报数，报数为十者上前一步。我也是报数为十的其中之一。我们立正站直了，眼睛一动都不动。大尉在我们面前来回踱步，并且非常恼火地大声嚷道：‘你们这群流氓、坏蛋、下贱货、害虫、斑鬣狗、畜生，为了这条狗我简直恨不得把你们全部放到蒸笼里去蒸，下到锅里去煮，在案板上剁成肉泥，枪毙了你们，或者将你们打得鼻青脸肿。我告诉你们，给我放老实点，我绝不会轻饶你们，我要将你们都关两周禁闭。’你们瞧瞧，那时候仅仅只是为了一条小狗，而如今是为一位大公呀。当然要把气氛搞得紧张些让人可怕至极，这样大公的丧事办得就会很体面。”

“可是我没罪啊！”那个头发倒竖起来的男人又大声地喊了起来。

“那耶稣有罪吗？”帅克说，“他们不是依然将他钉在十字架上了？无论在什么时候从来就没有平等，没有人在乎你有没有罪。就像在军队里常听到的一句话，‘少废话，当好你的差！’这才是尽善尽美的。”

说完这些话，帅克往草垫上一躺，心安理得地睡觉了。

这时又有两个人被带进来。一个是波斯尼亚人，他咬牙切齿地在牢房里转来转去，而且他说的每一句话都带上脏字“他娘的”。使他心神不宁的原因是他担心待在警察署的这段时间里会丢掉他的那个流动售货篓。

另外一个新来的不是别人，正是酒馆老板巴里维茨，当他看到帅克以后，便立刻把他唤醒，并很伤感地喊了一声：

“我最终还是被弄到这里来了！”

帅克同情地握了握他的手，然后说：

“我十分欢迎你进来。我早就料到那个侦探既然告诉你他会在晚上去接你，他就不会食言的。不过，这种人都如此认真守信，倒也真的是一件好事。”

可是巴里维茨先生却不以为然，他认为这样认真守信用连屁都不值。然后他小声地问帅克，这里押的人是不是贼，跟他们关在一起会不会有损他这个生意人的名声。

帅克跟他讲，除了那个企图用暴力抢劫霍利茨老板的人以外，其余的人都是因为那个被刺的大公的事。

巴里维茨先生听了之后有些恼火，他说：“那蠢猪大公才不值得我来这里，我是为了陛下的事情才被带到这儿来的。”屋里的人一听便都来了兴趣，都想弄个明白。因此他就兴致勃勃地讲起了苍蝇在皇帝画像上面屙屎一事的前前后后。

“是那些苍蝇把皇帝的像给弄脏的，”他在讲完自己悲惨而又无奈的遭遇后说，“结果他们却把我关进了监狱。我绝对饶不了那些苍蝇。”最后他以恐吓的口气加上了一句。

帅克又躺下去睡了，可是没睡多久，就被人叫醒并带去受审。

他顺着楼梯走到了第三层。帅克背着自己的十字架渐渐地朝生命的终点走去，他却一点也没感觉到自己是要去殉难。

当他看见了“严禁在走廊里吐痰”的提示牌以后，他便请求警察让他到痰盂处去吐，然后帅克胸怀坦荡、容光焕发地跨入了传讯室。他向屋里的人问候道：

“我恭祝先生们晚安，祝先生们万事如意！”

没有人理会他的问候，却有人往他肋骨上捶了几下，把他推到一张桌子前面，桌子后面坐着一位摆着官架子、板着一副冷冰冰脸孔的警察，样子凶得就好像是刚从伦布罗索那本《论罪犯类型》的书中跳出来的一样。

他恶狠狠地朝帅克瞥了一眼，跟他说：

“别装出一副白痴样！”

“我很无奈，”帅克郑重其事地和他说，“当初在军队时，他们就是因为我的精神不健全而剥夺了我的军籍，并由一个专门的军医审查军委会正式宣布我为智障。我正是由官方确定的智障。”

那位满脸长着一副罪犯相的警察一边咔嚓咔嚓地磨着牙，一边向帅克说：

“你少跟我扯淡，从你被控告和你所犯下的案子来分析，你根本就不是智障，你的精神也很正常。”

他开始列出帅克所犯的罪，从叛国罪直到侮辱皇帝陛下以及皇室里的各位成员。在这些所有的罪名当中，最严重的罪名就是称赞刺杀斐迪南大公事件，光是从这一罪名就可生出无数个新的罪名出来，其中包括明显的煽动叛乱罪，因为他是在大庭广众之下犯的罪。

“你还有什么要解释的吗？”那位像野兽般凶狠的警察暗暗自喜地问道。

“已经很多啦，”帅克无奈地回答道，“少而精多而滥。”

“喏，就是说你是承认罪名了？”

“我什么都招供。一个对于自己缺乏严格要求的人也就是不成功的人。想当初，我在服役的时候……”

“你给我住嘴！”警察署长大声地呵斥帅克道，“你必须老实回答我提的问题！知道吗？”

“知道了。”帅克说，“报告长官，我都清楚了，您说的每一个字我都听得非常清楚。”

“你都跟谁有交往？”

“跟自己的女佣人，长官。”

“你在当地政界有熟人吗？”

“当然有了，长官，我订了一份下午出版的《民族政治报》，也就是那个众所周知的《小母狗报》。”

“给我滚出去！”那位警察像野兽般地怒吼起来。

当他们将帅克带离传讯室的时候，帅克还不忘回头说了一声：

“祝长官们晚安！”

帅克回到自己的牢房后，就开始对其他囚犯说，这儿的审讯特别滑稽：“他们先是朝你乱嚷几句，然后便把你一脚踢出来。”

“如果是在过去呀，那可要受苦啰。”帅克接着跟屋里的人说，“我在一本书上面看到，被告为了证明自己是无罪的，必须要先从烧红的烙铁上面走过去，然后还要喝一杯熔化了的铅水，或者也可以被吊在梯子上，脚上还得套着一双差不多千斤重的西班牙靴子。假如还不肯招供认罪，那就用一支大的火炬烧他的腰部，他们当时对杨·内波穆茨基用的就是这样残酷的手段。听说他在经受这种酷刑的时候，发出像有人在锯他的腿那样的惨叫，直到把他装进一个不透水的密封的大口袋里面，从艾利什卡桥上扔下去以后，他才停止惨叫。这样的例子简直数不胜数，甚至有的将囚犯劈成四大块，不然就是戴上颈手枷，让他站到民族博物馆附近当街示众。当他们将囚犯扔进水牢里的时候，囚犯才会觉得自己好像是死而复生了。”

“现在我们被关了进来，但是这日子就跟玩游戏一样很有趣，”帅克兴致勃勃地接着说道，“没有人把我们劈成四大块，也没有给我们套上千斤重的西班牙靴子。我们还有草垫、桌子和凳子；住的又不像军用罐头里的沙丁鱼；他们还给了我们汤喝，给我们面包吃；到时间了还送来一壶水，厕所也并不远。所有的这一切都表明世界在进步。说实话，就是审讯室离我们远了点儿，还得往上爬三层楼。可是，楼道里很干净也很热闹，囚犯在走道里被押着来回地走。你们应该感到高兴才对呀，因为这里绝不是孤身一人，每个人都可以随心所欲地走自己的路，不必担心审讯室会对您说：‘我们决定，依照您本人的意愿，明天您将被劈成四大块或者被活活烧死。’如果真是这样的宣判，那简直就是难以想象。我说朋友们，如果我们中的人被这样判决，那他整个魂都会丢掉的。喏，现在的这些情况已经变得对我们有利多了。”

他刚称赞完公民在现代化的监狱里生活所受到的待遇是如何地大有改善，狱卒便打开了牢门叫道：

“帅克，穿好你的衣服出来受审！”

“好的，这就来了，”帅克回答说，“我根本就不在乎这些。我刚从审讯室里被你们赶出来，我想是不是弄错了。我怕跟我一起的难友们会生我的气呀，‘你小子都已经过了第二次堂了，我们怎么连一次都还没有享受。’我害怕他们会妒忌我的。”

“不要废话了，你快点给我出来!”这是对帅克这样的人最礼貌的回答。

帅克又一次地站在那位野兽般凶狠的长官面前。那人声音非常冷酷，他突如其来地问道：

“这些罪你都承认了吗?”

帅克用他的那双和善友爱的碧蓝色眼睛紧紧地盯住对面那个心狠手毒的人，坦然地说：

“如果长官您要我招供，那么我就招供，这对我来说也不会有什么损害。如果您说：‘帅克，你什么都别承认。’那么我就是粉身碎骨也要极力回避要害。”

那位严酷的长官拿笔在文书上写了点东西，随后扔给帅克一支钢笔，催促他在文书上签字。

帅克于是就在布雷特施奈德的诬告书上签了自己的名字，并且还添了这么一句：

以上对我的控告，均以事实为准。

约瑟夫·帅克

帅克签完字以后，转头问那位严酷的长官：

“还需要我签什么文件吗？我明早还要再来吗?”

回答他的是：“刑事法庭明天早上等待着你。”

“明天什么时候，长官？我的天哪，希望我不会睡过头。”

“滚!”这是那天第二次从桌子对面向帅克发出的吼声。

帅克在返回自己铁窗牢房的时候，和押送他的一个狱卒说：

“一切进行的还不错吧!”

帅克走进了牢房，牢门刚一被关上，人们便急迫地问开了。帅克毫不隐瞒，非常清晰地逐个回答他们道：

“刚才的审讯中，我全部招供了，我对他们说斐迪南大公大概是我杀的。”

六条汉子被吓得当场在满是虱子的破毯子里缩成了一团，只有那位波斯尼亚人说了一句：

“希望你一切顺利！”

帅克刚躺到草垫上，突然说道：

“这下就不好了，咱们这里没有闹钟。”

第二天早上，没有闹钟自然也会有人来叫醒他。六点整，一辆绿色的囚车把帅克押解到州刑事法庭。就在囚车开出警察署的大门时，帅克跟他同车的人们说：“这次又是我领先了！”

第三章　帅克在法医面前

太出乎意料了，法庭里面的那间小审讯室既干净又舒服，给帅克留下了非常好的印象。墙壁洁白似雪，铁栅漆黑漆黑的，还有那位肥胖的首席检察官德马尔丁先生，他领上系着紫罗兰色的领章，头戴镶有花边的帽子。紫罗兰色在这儿不仅被确定为主色调，并且在举行宗教礼仪和复活节的首日以及耶稣受难日都要用这种颜色来渲染环境氛围。

即将重演古罗马统治耶路撒冷的光辉历史。他们将囚犯从地下室带到一层那帮 1914 年的彼拉多面前。这些主审官——新时代的彼拉多们，不仅不洗净双手以表示光明正大，反而还派人去特西戈饭店买柿子椒包肉团跟比尔森的啤酒大吃大喝。同时，他们还不停地向国立刑事法庭递交一批又一批新的起诉材料。

这些所有的起诉材料缺少分析，根本不存在逻辑，都是他打了胜仗；他掐死了人；他装疯卖傻；他用唾沫喷别人；他嘲笑了；他威胁了；他杀人了；他不舍不弃等等。这些主审官成为了法律的杂要演员、法律条文的术士、贪吃被告的大肚汉或者奥地利丛林当中的饿虎，他们几乎是按照法律条款章节的多少来确定抓捕被告时该迈的步子的大小。

当然也有几个例外的主审官，他们没有把法律放在眼里。但这里一直都是鱼龙混杂的。

帅克被带到了这样一位人物那里接受审判。虽然这位老先生年事已高，但是看上去心地善良。当年在审判轰动一时的凶杀案的凶手瓦莱什的时候，他依然彬彬有礼地说："您请坐，瓦莱什先生，刚好这里没人。"

当帅克被带到他面前的时候，老先生就用他与生俱来的礼貌请帅克坐下，然后说道：

"请问阁下就是帅克先生吗？"

"是的，"帅克回答道，"我父亲的姓氏是帅克，所以我母亲叫帅克太太。我不可能不承认自己的姓名而给他们丢脸。"

主审官的脸上泛过了一丝柔和的笑容。

"您可干了很多好事，您的心里面肯定不会好过的。"

"我的良心一直都是不安的，"帅克边说边笑，笑得比主审官还要更加和蔼可亲，"我敢打赌，我的良心比有一些人更加不安，先生。"

"从你签字认罪的口供看，"主审官用比帅克还要更加柔和的口气说，"在警察署里他们给您压力了吗？"

"一点儿都没有，先生。是我自己问他们我应不应该在上面签字的，他们说应该签，然后我就按他们的要求签了。我不会为签名的事和他们发生冲突的。那样做肯定对我不利。规矩是必要的，凡事都要按规矩办嘛。"

"您觉得，帅克先生，您的身体有没有什么不舒服的？"

"没有是不可能的，主审官先生。我患有风湿病，一直在使用樟脑油按摩自己的膝盖。"

这位年迈主审官又和蔼可亲地笑了一下说："我们把法医请过来检查一遍，您觉得怎么样？"

"这并不是什么严重的毛病，不用麻烦他们、浪费他们的时间。而且在警察署里的时候，医生已经给我做过检查了，不过他怀疑我得了淋病。"

"虽然他们已经检查过了，帅克先生，可是我们还需要请法医来查一下。我们指定了一批优秀的医师组成了一个委员会专门给您做检查，同时，您也能够趁机舒坦地休息调整一下。我再问您一个问题：根据您的口供来看，您预言并散布说，在不久的将来会爆发战争，是这样子的吗？”

“对啊，先生，战争随时都会爆发的。”

“我觉得您同时应该还患上另一种病。”

“我觉得没有。只不过有一次在查理士广场差点儿被汽车撞死。唉，那已经过去了。”

审讯到此暂时结束，帅克同主审官先生握了握手。刚回到自己的那间小牢房，他就跟难友们说：

“为了搞清刺杀斐迪南大公这件案子，他们竟然要派法医来给我全面检查身体。”

“法医也给我检查啊，”一个年轻人说道，“在我偷地毯的那一次，他们确诊并且认定我犯有神经衰弱症，将会变成一个智障的人。而这回我又偷了一架蒸汽打谷机，他们对我实在没办法了。昨天我的律师还和我说，只要有一次被宣布成为精神不健全者，那我的一生就不怕有什么大麻烦了。”

“我不信任那些法医，”一个表面看似机灵斯文，有一点儿素质的人说，“我听过捷克著名的精神病学教授海维洛赫医生的课。有一次，我精心地伪造了汇票，后来，我被抓起来的时候就按海维洛赫医生描述的那样，假装抽了一阵羊角风，然后朝法医委员会里一名医生的腿上咬了一口，又抓起墨水瓶一口气把里面的墨水都喝了下去。抱歉，各位，我当时还当着整个军委会的面，故意在房间的角落里撒了一泡尿。正因为我很用力地咬了那个医生的小腿一口，他们说我太强壮，结果说我无药可救了。”

“我根本不在意那个检查，”帅克说，“想当初，我在军队服役的时候，竟然还有一个是兽医给我检查身体呢，现在我不还是很健康吗？”

“法医都是吃白饭的，”一个矮小、有一点儿耸肩的人说道，“前不久的时候，有人偶然在我的草场里面挖出了一副人的骨架，法医们便根据这副骨架子判断，死者大约在四十年前被一种钝器猛击脑袋而死。可是我今年才三十八岁，仍把我当犯罪嫌疑人，虽然我有出生证、户口本和居住证，结果还是被关到了这里。”

“我觉得，”帅克说，“我们要公平地看待这个世界。这个世界上谁敢保证自己不犯错？而且一个人在一件事情上花费心思越多，就越容易犯错。法医也是人，智者千虑，必有一失。就像在努斯列的博季契河桥上的一天夜里，当我独自从班柴迪往家走的路上，遇到一个人，突然他疯了似地挥起皮鞭就朝我头上抽，结果我被打昏，倒在地上，然后他用电筒照了照我，自言自语道：‘打错了，不是他。’但是他却因自己打错了人而更恼火，又拿着皮鞭抽我的屁股。有些人就是要将错就错，这也是人的一种情绪嘛。比如说还有一次，我的一位朋友晚上发现了一条冻得半死的疯狗，就将它抱回家并且放进了他夫人的被子里，当那疯狗一暖和过来就恢复了兽性，不但把我朋友家人全咬了，甚至把那个全家最小的还躺在摇篮里的孩子也给撕裂咬碎。还有一个例子要告诉你们，有一次我们故乡那儿的一位车工用钥匙打开教堂的门然后进去了，他以为那是自己的家。他把鞋子脱到了圣器室里，当作了他家的厨房；然后他躺在了祭坛上，以为自己是躺在了自家的床上；还随手把有圣人题言的小台布盖在自己身上；又拿来了一本福音书和几本圣书当枕头。第二天一早他就被看门人发现了。等他清醒以后，他和颜悦色地跟教堂看门人解释，说他一时迷糊了。‘好你一个一时迷糊！’教堂的看守人愤怒地说，‘就现在的情况而言我们必须重新净化教堂。’然后这位车工被送到了法医面前接受了他们的检查。法医们证明了他的神智清醒、头脑清楚。如果是喝多了，那么他肯定无法把钥匙插进教堂大门的锁眼里去。之后这位车工就死在了庞克拉茨监狱里了。我再给你们讲一个关于克拉多诺的一位赫赫有名的警察大队队长罗特尔的警犬出的错吧。罗特尔大队长养了许多狗，他专门找流浪汉作为训狗的对象，这些流浪汉吓得再也不敢来克拉多诺。于是他命令部下，无论用什么方法必须抓一个嫌疑犯。一天，警察们终于在朗恩森林给他抓来了一位穿着很讲究的嫌犯，当时他正坐在一个树杈上，警察把他的大衣的下摆剪下一块，拿去给那些警犬嗅，然后把这个人带到郊外的一个砖瓦厂里，再放出那些受过训练的狗去跟踪那个人的足迹，最后确实把那人找回来了。从那之后，这个人就整天没完没了地爬梯子、翻土墙、跳鱼池，因为那群警犬一直在后面追他。最后他们发现，这个人是一名捷克的激进派议员。由于议会令他厌烦透顶，因此他就跑到朗恩森林来郊游消遣。所以，错误有时是难免的，无论是学识渊博还是笨手笨脚的人，连政府的内阁大臣也都有出错的时候呀。”

法医委员会来确定帅克的智力跟他全部被控的罪名是否一致。该法医委员会由三名特别严肃认真的先生组成，三个人当中，每一个人对于帅克检查的见解跟另外两个人的都有很大分歧。

而在精神病学方面，他们则分属三种不同的学派。

可是在科学上，这些南辕北辙的学派在帅克这个案子的定性上却取得了惊人的一致意见，这是由于帅克给了这个法医委员会一个惊人的、特别的感觉。当他刚走进这间即将有人要对他精神状态做检查的屋子时，看到墙上挂着奥地利元首的肖像以后，便立刻喊道：“各位先生，我们的陛下弗兰西斯·约瑟夫一世万岁！”

“这件事太明显了。”帅克坦白地说，使得他们没有必要再发出一连串的提问。可还是有几个最关键的问题必须要搞清楚，来证实他对精神病学的三种体系的真正看法。

“镭和铅哪一个重？”

“哎呀，我没有称过它们。”帅克回答说，脸上布满了甜蜜蜜的微笑。

“你觉得存在世界末日吗？”

“那我总得先看到这个末日再说吧，”帅克随意漫不经心地说着，“明天它肯定不会到来。”

“你可以计算出地球的直径来吗？”

“哎呀，我办不到这些，”帅克回答道，“我这里也有一个谜语，不如也请先生们猜猜看：有座房子，每层都有八面窗户，屋顶有两扇天窗与两个烟囱，每层楼都住有两家房客。那么，请告诉我，这座楼房的看门人的奶奶是在哪年死的？”

法医们都会心地望了一下，其中一位提问道：

“你知道太平洋究竟有多深吗？”

“抱歉，这个我可不清楚，”他如此回答，“可是我可以相当有把握地告诉你们，它肯定比维舍堡悬崖深处的伏尔塔瓦河要深一点儿吧。”

法医委员会的主席简短地问了句：“够了吗？”可其中的一位委员又提了这样一个问题：

“12897 乘以 3863 等于多少？”

“729。”帅克连眼睛都不眨就回答道。

“我想这已经足够了，”法医委员会主席说道，“可以把这位被告带回原来的地方去了。”

“谢谢各位先生，辛苦你们了，”帅克毕恭毕敬地说着，“我也已经足够了。”

帅克走之后，根据精神病学所发现的一切的自然规律，三位专家持有高度的统一意见，确定帅克的确是一个智障。

主审官在报告里写了这样一段话：

在本报告上签名的诸法医一致鉴定约瑟夫·帅克为精神愚笨迟钝的先天呆子，即天生性智障。举例说明，凡见墙上的挂像，立即立正高呼‘弗兰西斯·约瑟夫一世陛下万岁！’仅此一点就足以说明约瑟夫·帅克之精神状态实属智障。鉴于此，法医委员会建议：1. 停止审问约瑟夫·帅克；2. 把约瑟夫·帅克送往精神病院观察，以查明他的精神状态及对他周围的危害程度！

就在这份报告编排出的时候，帅克却依然在给自己的囚友们作了这样的讲述：“他们把斐迪南事件放一边，却跟我谈起了一些蠢不可及的事情。最后他们说够了，就让我离开了。”

“我谁也不相信，”那个有点儿耸肩的小个子，就是有人在他的地里挖出了一副人骨头的人发表了自己的意见，“这些人全部都是骗子，他们是骗人的。”

“要一点小聪明是肯定的，”帅克说，同时躺在草垫上，“如果每个人都像想象的那么好，那相互之间不就会觉得没意思了吗？”

第四章 帅克被赶出精神病医院

后来帅克在形容他在精神病医院里的那段遭遇的时候，用上了一些非同一般的赞美之词：“我实在搞不明白，为什么疯子被关进了精神病医院还要生气呢？医院里的每个人都可以赤身裸体地躺在地板上，学狼叫、发狂和咬人。如果是在其他地方，人们肯定会大惊小怪，然而在那里却很普遍。那里的自由是普通思想者意想不到的，所以那里的每个人都可以把自己当作上帝或圣母玛利亚，当作教皇或英国国王，当作皇帝老儿或圣徒瓦茨拉夫，可是最后你却依然被死死地捆绑着，赤裸着身体，孤独地躺在一个角落里面。有一个人，自称大主教，你们根本想象不到，他除了疯狂地大吃大喝、肆无忌惮地随地大小便和游手好闲之外，他还有什么可以折腾的？可在那个地方却一点儿也不用感到羞耻，还能够得到宽恕原谅。在那里有人为了能够领取双份饭菜，竟然说自己就是西里尔和美多德。竟然还有一位先生硬说自己怀孕了，并邀请所有人去参加他婴儿的洗礼祝宴。还有很多棋手、政客、渔夫和童子军以及集邮爱好者和业余摄影师被关在那里。那儿还有一个人，总是摆弄一批老的瓷罐，并且说那是骨灰罐。还有一个总是用被子把自己裹得非常严实，说这样就绝对不会计算出哪天是世界的末日了。我在那儿也遇到了几位教授，其中一位总是跟在我后面向我解释说，克尔克诺什山区是吉卜赛人的摇篮。而另一位教授则一直向我阐述地球内部存在一个比地球外部还要大得多的球体。”

“在那里什么人谈什么都是有权利的，他们想说什么就说什么，就跟议会开会一样。偶尔他们还讲一些关于公主悲惨结局的童话，那他们就会互相打闹起来。最可笑的是那位硬说自己是奥托的十六部百科大词典，见人他就要别人都来打开自己，并且找出‘负责缝合厚纸板的女工’这个词条来，否则它就不存在了。实在没有办法，人们就只好给他穿上了紧身衣，他这才会安静了下来。一会儿他又自我欣赏起来，说他已进入到装订这道程序了，要求人们将他切出一个现代派的书边来。在那里的日子就像天堂里一样美好。你可以大声喊、尖声叫，唱歌跳舞、号啕大哭、学羊咩咩叫，也可以念祷告；还可以翻跟头；可以爬着走，可以跷着一只脚来跳；可以转圈圈，爬墙或者整天蹲在地上。做这些谁也不会走过来跟你说：‘您可不能这样，也不准干那件事。先生，这样有失您的身份，您应该感到羞耻，亏您还是一个有素质的人。’当然那里也有一些要文的疯子。一个学问很深却一直抠鼻子的发明家，每一天只说一句话：‘就是我发明了电。’就像我说的那样，那儿的生活真是美妙无比，可以说我在精神病医院里度过的那几天，是我一生当中最愉快的日子。”

帅克怎么也想不到将他从州刑事法庭转送到精神病医院来是为了观察他的精神状态，在这里受到他们的欢迎。他们先是将他脱光，然后为他披了件大褂儿，热情地搀着他去洗了个澡，路上一个护士还跟他讲了一些有关犹太人的故事来逗他开心。在浴室里面，他们先将他浸泡在一盆热水里，之后又把他拖出来，再用凉水浇淋，这样重复了三遍，然后问帅克喜不喜欢。帅克说这比查理士大桥附近的那些个澡堂好得多，而且说他非常喜欢洗澡。“如果你们再为我修剪一下指甲、理理发，我就更舒坦了。”他补充了一句，同时殷勤地朝他们笑着。

他们应允了帅克所有请求，用一块海绵把他全身擦干，然后用一张被单将他全身包裹起来，并将他抬到一号病房的床上，让他躺下把被子盖好，嘱咐他好好睡觉。

至今帅克还用一种爱恋情结来叙述它：“你们想一下，那有多么的美好！他们把我安排在床上睡觉时，那时我简直是幸福到了极点。”

帅克果真在床上美美地睡着了。之后被他们叫醒，给了他一罐牛奶和一个已经切成碎片的长面包。一位护士抓住帅克的双手，另一位护士就将一块块碎面包放在牛奶里蘸蘸，然后喂到帅克的嘴里，就像是喂鹅一样。全部喂完以后，他们又搀扶着他去上厕所，并且要求他尽快把大小便都排泄掉。

帅克将这一美好的瞬间描述的是那么津津有味，充满了留恋之情：

“就在我屙屎撒尿的时候，他们中的一个人还把我搂在他怀里呢。”

从厕所回来后，又将他搀到床上躺下，嘱咐他一定要好好睡觉。然后叫醒他带他去观察室，帅克又一次被脱光了站在两位医生面前，这个情景不由得使他回忆自己应征入伍时进行体检的那段庄严的日子，便情不自禁地说了一声："合格。"

"你说什么呢?"一个医生说道，"现在，你听我的口令，往前走五步，再朝后退五步。"

帅克往前走了十步。

"我不是和你说了吗?"医生说，"走五步!"

"多走几步也没问题，"帅克说道。

于是两位医生又让帅克坐到椅子上，其中一个敲了敲他的膝盖，然后告诉另一位说："反射是正常的。"而那位医生却摇了摇头，走过来亲自敲帅克的膝盖；第一位医生翻了翻帅克的眼皮，检查他的瞳孔。然后两位医生走到桌边，用拉丁文互相嘀咕了一番。

"喂，你会不会唱歌?"其中的一名医生问帅克，"如果你不介意就唱一首歌给我们听吧?"

"好啊，先生，"帅克回答说，"虽然我没有一点儿音乐细胞，我就试试吧，以让你们快乐。"

于是响起了帅克嘹亮的歌声：

年少的修士河岸坐，
双手托腮思绪重，
苦涩灼热的泪成行，
挂在两颊悲戚戚。

"后面的我不会了，"帅克说，"如果你们觉得还不错，我就再给你们唱一首。"

我的心充满忧愁，
痛楚在胸中流淌。
静坐把远方瞭望，
那儿有我的渴望和所求。

"唉，真是抱歉，下面的部分我唱不了了，"帅克叹了一口气，"我还会唱《我的故乡在何方》的第一句，'太阳在东方现出了笑容，温迪施格雷茨和军士将领们整装待发。’我还会唱几首民歌，比如《保佑我们吧，主啊!》《千百次地问候你》……”

两位医生相互交换了一下目光，其中一位问道：“你曾经有过神经不健全的智障精神状态吗?”

“我曾经在军队里检查过，”帅克严肃而骄傲地回答道，“我被军医先生们宣布是神经不健全的智障。”

“你是为了逃避兵役而装病的吧!”另一位医生对着帅克高声吼了一句。

“是说我吗?”帅克诉苦道，“不骗你，我真的是个智障患者。倘若不信你们可以到驻扎在布杰约维策的第九十一团的团部或者到卡林地区的后备役队的司令部调查。”

年龄较大的那个医生带着无可奈何的神情摆了摆手，然后指着帅克跟护士们说：“让这个人穿上衣服，带他到头排过道的第三号病房去。然后叫一个人把他的全部档案送交办公室。让他们早点给他结案，我可不想把他老留在我们手里。”

医生们再一次恶狠狠地瞪了一眼那个文质彬彬地正退向门口，还边退边有礼貌地鞠着躬的帅克。帅克还回答了护士的一个问题，护士问他这是干什么蠢事，帅克便回答说：“因为我光着身子，什么都不想让这些长官们看见，免得被他们说我不文明，说我撒野。”

自从护士奉命把衣服还给帅克后，命令他穿好衣服，并由另一个护士把他带到三号病房去，他们便不再搭理帅克了。帅克还要继续在医院待几天，等办公室办理他出院的文书，于是他还有时间继续他的观察。医生们在报告中给帅克下了这样的鉴定：智障的假病号。因为他们在中饭前就要放了他，所以还闹出了一场麻烦。

帅克坚持认为，精神病医院总是在人吃过饭后被赶走，因此他坚持着不吃中饭饿着肚子就不离开医院。闹得精神病医院的看门人只好叫来了巡警，于是巡警就将帅克带到了萨尔莫瓦大街的警察署去了。

第五章 在萨尔莫瓦街的警察署

帅克在精神病医院里的时间只是昙花一现，接踵而来的是坎坎坷坷、充满磨难的生活。

罗马皇帝尼禄仁政下的刽子手非常残忍，他们曾狠狠地说过："把那个浑蛋基督徒扔进狮子的口里吧。"帅克遇到的就是这样的一个巡警——布劳温。他恶狠狠的叫："把这个臭小子给我扔进牢笼里！"

不但话说得生硬，而且眼睛里也闪现出了一种古怪而又变态的惬意。

帅克给他行了个礼，并豪爽地说道："一切就绪，长官先生。牢笼不就是单间的牢房么，其实也没什么可怕。"

"少在这里跟我贫嘴！"巡警火冒三丈地嚷。可是帅克却说："我是非常愉快地接受，并且由衷地感激您将为我所做的一切安排。"

牢房里已经有一个人无力地坐在一张板凳上，似乎在思考着什么，当牢门的钥匙咔嚓响起来时，他通过来人的表情上看，明显没有恢复他自由的意思。

"您好，尊敬的先生，"帅克边说边走到那人的旁边坐下，"您知道现在几点了吗？"

"我对时间不感兴趣。"那人回答说。

"这里的环境挺好的，"帅克努力找话题希望和他继续交谈，"这张板床还是用刨平的木头做的呢。"

那人依然绷着脸不理会他。兀自站起身来，在牢门和板凳之间来回快步地踱着，仿佛要忙着去抢救什么似的。

而此时，帅克饶有兴致地观察着墙上那些乱七八糟的题词。一个没有署名的囚犯对天发誓，表示要跟警察拼命地对着干。题词是这样写的："你们是不会有好下场的。"另外一个囚犯写道："滚开吧，你们这些肥头大耳的家伙们!”还有一个直截了当地记录下了一段实况:“我于 1913 年 6 月 5 日在此受牢狱灾难，待遇还行。沃尔舍维采商人约瑟夫·马列切克。”竟然还有发自肺腑之言的题词:“主啊!饶了我吧……”下面还写着什么“吻我的‘P’吧。”可字母 P 又被划掉了，然后又在旁边写上“屁股”。而就在这“屁股”两个字的旁边，一位多愁善感的先生又题了首诗:“闷来溪旁坐/太阳入山坳/岗丘映微光/佳人在何方。”

那个在牢门和板凳之间来回急促踱步、像马拉松赛跑获胜的人一样停下脚步，喘着气坐回了原位。他双手抱头，忽然大声喊道:“放了我吧!”随后又自言自语道:“他们是不会放我的。不会的，不会的，我从早上六点就待在这里了。”

过了一阵子，他突然站起来问帅克:

“您身上带没带皮带?我将要靠它来结束我的余生!”

“我很高兴能为您效劳,”帅克一边回答一边解下身上的皮带,“我还从来没见过在牢房里用皮带上吊的呢。”

“可还真的麻烦,”帅克看了看牢房四周说,“这个地方连个钩子也没有，窗户的插闩肯定吊不动您。要不我给您出个主意，您可以跪在床边上吊，跟比艾玛乌泽修道院里那个修道士一样，为了一名年轻的犹太姑娘，在十字架上面吊死。我十分欣赏自杀的人，您就只管放心地上吊吧。”

那个满脸忧伤的人，不仅没有接过皮带去自杀，反而把皮带扔到角落里，忽然哭了起来。他一边用肮脏的手背抹着眼泪一边喊道:“我是个有家室的人啊!由于酗酒、生活放荡而被关到这里，上帝呀!我可怜的夫人啊，我的同事们会怎么看我呢?我是有儿女的人啊，由于酗酒、生活放荡而被关进这里来的。”他反反复复地念叨个没完。最后，他稍稍平静了一些，走到了牢门口，忽然用拳头在门上一阵乱打。门外传来了一阵脚步声，一个很大的声音问道:“你在做什么?”

“你们放了我吧!”他用一种痛不欲生的声音哀求。“放你到什么地方?”门外问道。“回我工作的地方去。”这个被人们认为没有责任心的父亲、丈夫、公务员、酒徒与浪荡汉的可怜人回答说。

在静寂的走廊里，传来了一阵嘲笑声，一种十分可怕的嘲笑声。脚步声跟随着嘲笑声渐渐远去。

“看来，门外那个家伙不喜欢您，所以才那么嘲笑您，”帅克说，此时那个绝望的人走回到帅克旁边坐了下来，“这些看守只要觉得不顺心就会拿我们撒气，如果真的惹着他们，那他们还有什么样的事做不出来？如果您不打算上吊，那么就心平气和地坐下来，看他们究竟想干什么吧。我认为，像您这种享受办公室生活又有妻儿的人，这件事情可非同寻常。我要是没有猜错的话，您的单位应该不会再要您了吧？”

“那也不一定，”他叹了口气道，“问题是我自己都不知道自己干了些什么。我模模糊糊地记得，我被人从一个地方给赶了出来，可是我还想回去抽一支雪茄烟。原本是挺美的，我们科长为了庆贺自己高升，请大家到一家酒馆里面去喝酒，接着又到了第二家、第三家、第四家、第五家、第六家、第七家、第八家，甚至是第九家。”

“您要我来帮你数吗？”帅克问，“我最擅长数数了。有一个晚上，我一共到过二十八个地方去喝啤酒，可是我发誓，我在任何一家喝都没超过三杯。”

“最后，”那人说，“我们到过一打多的小酒店以后，发现科长不见了。虽然我们还用了一根细绳把他拴着，就好像牵小狗一样把他带在身旁。我们开始到处找他，结果我们大伙儿也各自走散了。而我就待在维诺堡的午夜咖啡馆里面了。我在那里直接用瓶子喝了一公升的酒，后来又做了什么事我就不清楚了。只知道他们将我拉到警察署，当我清醒过来的时候，有两个警察说我喝醉了，言辞行为非常的不礼貌。还说我打了一位夫人；还从衣帽架上把别人的礼帽拿下来用小刀子割破；还赶走了一个女子管弦乐队；当众诬告了一个服务生，说他是一个偷了二十克拉钻石的贼；并且把我座位上的大理石桌面给打碎了；又故意朝邻座一位不相识的顾客的咖啡杯里吐唾沫；至于还捣了什么乱我是真的一点都不记得。您要相信我啊，我是一个特别顾家、从来不胡思乱想的、有教养的本分人。您说是吧？我一向都安分守己啊！”

帅克并没有回答他的问题，而是高兴地问道：“我想知道您是费了好大的力气还是轻而易举地就把那个大理石桌面打碎了？”

“一下子。”这位自称有教养的先生回答道。

“您完了，”帅克很悲伤地说，“他们会据此推断，您苦练武术的目的就是要干这类勾当。您朝那位不相识顾客的咖啡里吐唾沫，就没掺合点儿罗姆酒？”

还没等他回答帅克就直接往下说：“如果掺了罗姆酒，那么事情可就更糟了，因为它的价钱会更贵一点。在法庭上，他们喜欢把所有的账都累加起来，让你构成最重的犯罪行为。”

“在法庭上……”这个自称尽心竭力、恪尽职守的先生低着头，沮丧地自言自语着，像一个受到良心责备的人那样陷入了麻烦。

“家里人知道您被关押的事吗？”帅克问道，“他们如果知道，恐怕也是从报纸上得到消息的吧？”

“您说这种事情会登报吗？”这位替上司背下黑锅的人天真地问道。

“一定会的，”帅克回答得非常直接，因为他从来就没有跟别人隐瞒真相的习惯，“这篇关于您的报道肯定会引起人们极大的兴趣。我也常常阅读报上有关描写酒鬼以及他们怎样耍酒疯之类的专栏文章。不久之前，在‘杯杯满’酒家，就有一名顾客真的什么都没干，他只是将一个玻璃杯空中一抛，自己却站在了下面，玻璃杯掉下来直接砸破了他自己的脑袋，可是警察却把他给带走了。第二天早上我们就读到关于这件事的报道。还有一次，在佩特洛夫卡夜总会，我同一个负责办理丧事的人打了起来。为了替我们解决纠纷，只好把我们两人都关了起来，这件事情当天下午便见报了。还有一次，在‘僵尸’咖啡馆里面，有一位参事先生打碎了两个盘子，您猜怎么着了？这事第二天还是给登报了。您现在唯一的办法只有尽快从牢里写份更正声明寄到报社，就说报上所报道的一切事情与您无关，您跟这位同名同姓的先生既无亲无故，也与世无争，然后再给家里面写封信，让家人把这份更正声明剪下来并且保管好，这样您出狱后能用得上。”

“您是不是觉的冷呀？”帅克发现这位很有一些教养的先生直打寒颤，“今年的夏末对我们来说是够凉的了。”

“我，我已经没有可以依靠的人了！”帅克的这位囚友哭得死去活来的，“我，我是无药可救了！”

“也是，”帅克兴奋地附和着他说，“等您刑满出去后，您原来的单位不知道是否还会接收您，也不知道您能否很快就找到其他工作，因为现在的各行各业，就算您愿意去给剥死野兽的店去当伙计，人家也都要先审查您是否有过犯罪前科。唉，就图一时的快乐，真的是太不划算啊。您在监狱的这段日子里，您的夫人和孩子们的生活是不是无依无靠？她会不会落迫得去做乞丐，孩子们会不会去走别的坎坷的又不正确的路呢？”

又是一阵哭泣声。

“我可怜的妻儿们啊！”

这名良心受到责备的忏悔者站了起来，跟帅克谈起他的孩子们来：他有五个小孩，最大的才十二岁，已经参加了童子军。这个孩子只喝水，他就要成为他父亲的榜样了。虽然他父亲是第一次做出这样的事情来。

“他已经参加了童子军！”帅克喊叫道，“我最喜欢听童子军的故事啦。有一次，在布杰约维策的赫卢博卡镇的兹利维附近的米德洛瓦尔，我们九十一团要进行演习，当地的农民们在树林中抓住了三个所谓的植树造林的童子军。农民们将他们中最小的一个捆绑起来时，他们开始哭泣，后来又闹个不停，那种场面连我们这些当兵的男子汉也不忍心多看，只好走到了一边去。在农民们捆绑这三个童子军的过程当中，有八个农民被他们咬伤了。后来在村长用鞭子抽打下，他们才供认说：他们为了晒太阳，踩坏了田地。他们还招供说，在长势良好的麦田里面，他们用刀子把麦穗割下来烤着吃。结果麦田起火了，居然还说那是偶然事件。农民们还在树林里的一个地洞里找到了五十多千克被啃过的家禽和林中野兽的骨头，还有好几堆的樱桃核跟尚未熟透苹果的核，以及其他的一些东西。”

这位值得同情的，童子军的父亲听后心情更是不爽。

“我前世做错了什么事啊！”他抱怨道，“这样我可就名声扫地了。”

“也是啊，”帅克以他天生的直率说，“由于这事儿，您这辈子的名声都不会好了。只要登了报，熟悉您的人也许还会给您添油加醋。这些都是人之常情。您也不要太在意了。现在这世上名声狼藉的人多了去了，这种人比名声好的人要多十倍。更何况您这极其微小的事就不必担心。”

此时，过道当中响起了沉重的脚步声，随后钥匙在锁孔里咔嗒响了一声，牢门就被打开了，巡警招呼着帅克出去。

“不好意思，”帅克很爽快地说，“我是中午十二点才来到这儿的，而这位先生却是早上六点就在这等候了。我并不急的。”

巡警根本不理会他的话而且用他强有力的手把帅克拖到走廊去了，一声不响地将他直接带到了二楼。在第二个房间中的桌边，坐了一位胖乎乎的巡长，他看上去很是可亲，他问帅克说：

“呃，你便是那位帅克吗？为什么会来到这里？”

“很简单，”帅克回答道，“是巡警先生把我带到这里的。因为我不同意他们不给我午饭吃就把我撵出精神病医院。这未免也太夸张了吧，他们将我当成什么人了。”

“听着，帅克，”巡长先生和蔼地说道，“我们为什么非要在这里，在萨尔莫瓦大街跟你过不去不可呢？我们直接将你送到警察总署去不是更好吗？”

“大家都知道，到了这种地方，一切都得听从您的，”帅克说，“现在这个时间，从这儿到警察总署一路上也会走得很开心的。”

“很高兴我们在这个问题上保持一致，”巡长非常欣喜地说，“意见统一比什么都要好，是不是，帅克？”

“不管是谁，我都愿意和他协商办事，”帅克回答说，“我敢发誓，我永远都会铭记您对我的恩典。”

帅克深深地鞠了一个躬，然后在一名巡警的带领下来到了楼下的警卫室。一刻钟以后，帅克又再次在耶茨纳大街走向查理士广场。只是押送他的是另外一名巡警，他的腋下还夹着一个本子，本子的标题是用德文写的《囚犯名册》。

在街道的一个角落处，帅克和押送他的警察看到一群人拥挤地围着一个告示牌争着看什么。

“那个是陛下的宣战布告。”巡警对帅克说。

“我早就料想到了，”帅克说，“但是精神病医院里的医师们却还不知道。按道理来讲，他们的消息应该更加灵通才对。”

“怎么了啊？”巡警问。

“那儿关了很多军官先生。”帅克补充说。

当他们走近刚刚挤到宣战布告周围的人群中的时候，帅克高声叫道：“弗兰西斯·约瑟夫陛下万岁！

亢奋的人群当中，不知是谁敲了一下他那把耳朵都盖上了的宽边帽。

于是好兵帅克穿过熙熙攘攘的人群，又一次跨进了警察总署的大门。

“记住我说的话，在这场战争当中我们肯定会赢!”帅克说着这句话并与簇拥着他的人群挥手惜别。

在漫长而又影响深远的欧洲历史上，曾经验证过这样一条真理：明天将会使今天的一切幻想破灭。

第六章 帅克冲出迷局重返家园

警察总署里到处弥漫着一派官场气氛。当局一直在琢磨着人们对战争究竟有多少热心。总署当中，除了少数人还能意识到自己是这个民族的子弟，而注定要为这个民族——与己完全无关的利益而流血以外，剩下的则全是那些堂而皇之的如同猛兽的政客，他们的脑海里全是关于监狱和绞刑架，借此来维护他们制定的那些专横暴力的、被理解错了的法律条文。

在审问嫌犯的时候，他们总是用伪装的和颜悦色的神气来对付落在他们掌心里的牺牲品，在每次说话以前，都要事先斟酌一番。

“真是抱歉，帅克生生，你又落到了我们手中。”其中的一位制服上绣着黑黄袖章的野兽，对站在面前的帅克说，“我们原本以为你会有所改变，可是你却让我们太失望了。”

帅克轻轻地点了一下头，表示赞同。他的神情是那样坦然自若，使得那头绣着黑黄袖章的野兽非常不解地瞪着他，然后拖长语气说到：

“不准再装傻!”

可是他马上又换成客气的语气接着说：

“说实在的，将你抓起来，我们也无可奈何。并且我敢保证，你并没犯什么大罪，由于你的智力水平低下，也许是受别人的唆使。跟我说，帅克先生，到底是谁教唆你去做那些蠢事的呢?”

帅克咳嗽了几声，然后说：

“真的很抱歉，我根本就不知道您所说的那愚蠢的事情指的是什么！”

“那好吧，帅克先生，”他装作一个忠厚长者的口气说，“根据押送你的巡警所说，你在大街上的宣战布告书前面招集了一大群人，高呼‘弗兰西斯·约瑟夫陛下万岁！这场战争我们一定会赢！’的口号，煽动群众起哄，这难道不是一件蠢事儿吗？”

“我不能够袖手旁观啊，”帅克无奈地说，同时他那一双天真无邪的眼睛凝视着审问官，“我看到人们读宣战布告时，一点儿都不兴奋。就连高呼胜利‘万岁’的人都没有，就像这事儿与他们毫无任何关系似的。我是一个九十一团的老兵，所以我就喊出了口号。我想，先生，如果那时是您处在我这个位置，您肯定也会那样做的。既然准备要打仗，那就必须打赢它，就应该对陛下三呼‘万岁’呀！”

只有招架的功夫，而并无还手之力的绣有黑黄袖章的野兽不敢正眼看帅克——这只天真无邪的羔羊，赶紧将视线投到公文上说：

“我能够理解你的爱国情操，可是我希望你在别的场合发挥更好点。你应该很明白，你当时是被巡警押送的，所以，你的爱国言行就有可能，甚至会被公众认为是很反常的一种嘲笑，而并非出于严肃的诚意。”

“当一个人被巡警押解着行走，”帅克回答说，“这可以说是他一生中非同寻常的时期。可关键是，假如这个人即使在这种逆境下也不忘记开战以后他该为国家做些什么，照我看，这样的人也不见得就是个坏蛋吧。”

绣着黑黄袖章的野兽嘴里说了一句什么，瞪了帅克一眼。

帅克则向他投去自己特有的天真、柔和、谦恭与温顺的目光。

他们彼此又默默地对视了几分钟。

“这次就放过你，帅克！”官架子十足的大胡子审问官终于说道，“倘若下次你再被逮到我这儿，那么我对你就不客气了，直接把你交给赫拉昌尼的军事法庭惩办。知道吗？”

没有等他反应过来，帅克忽然扑上前去吻他的手，说：

“希望上帝为您做的一切功德赐福于您！不管在什么时候，如果您想要一只纯种的狗，那么敬请光顾。我以贩狗为生。”

帅克便这样重获自由回家去了。

走在路上的时候，帅克想到，是否应该先到“杯杯满”酒馆去一下。

终于，他推开了前不久被便衣警察布雷特施奈德押着他走出去的那扇门。

酒馆里面死气沉沉的。只有几位顾客坐在那儿，其中有阿波林纳什教堂的执事。他们一个个都愁眉苦脸的，柜台后面坐着女掌柜巴里维茨夫人，她漠然的双眼呆望着啤酒桶的扳柄。

“嗨，伙计们，我又回来啦！”帅克快活地说道，“夫人给我来一杯啤酒吧。巴里维茨先生呢？他回来了没有啊？”

巴里维茨夫人没有回答，但是眼泪却一下子流了出来。她哽咽着一字一顿地诉说着她的遭遇：“一个……星期……以前……他们……判了他……十年……”

“哟，我没想到竟然会这样！”帅克说，“这么说他已经在里面呆了七天了。”

“他一向都是那么的小心翼翼呀，”巴里维茨夫人哭着说，“他自己也总是一直这么说。”

酒馆里的客人们依然保持那种沉沉的气氛，似乎有幽灵在这儿来回徘徊着，警告他们还必须要更加提防似的。

“谨慎乃智慧之母，”帅克边说边走到那张为他放了一杯啤酒的桌子旁坐下，巴里维茨夫人在给帅克端啤酒的时候，伤心的眼泪淌落在了酒杯里，此时杯里的啤酒泡沫上冒出了一个小洞眼，“现在就是这样的一个世道，所有的人都被逼得谨小慎微起来。”

“昨天我们教堂那儿埋葬了两个人。”阿波林纳什教堂执事避开了话题。

“肯定是又死人啦。”第二位顾客说到。第三位顾客便问：

“下葬的时候有没有灵台棺座？”

“我不太清楚，”帅克说，“打仗时，军人死后下葬会是个什么样儿。”

顾客们便站起身来付了酒钱，一个个都一声不响地走了，屋里只剩下帅克和夫人。

“真是没想到，”帅克说，“竟然给一个没罪的人判了十年徒刑。给一个无罪的人定判五年徒刑的事儿我倒是听说过，可这一判就是十年，是太多了点儿。”

“我家先生交待了，”巴里维茨夫人哭着说，“他在这儿是怎么描述苍蝇和画像的，在警察署和法庭上便是一字不差地重复了一遍。我当时是作为一个证人出席审判，可我又有什么办法呢。因为他们说我跟我的丈夫是亲属关系，所以我不能去作证。我们的这种亲属关系可把我吓坏了，我害怕又惹出什么麻烦，唯有放弃作证的权利。我那可怜的丈夫看了我一眼，至死我也忘不了他盯着我的那种眼神。一直到警察把他押走时，他依然还是稀里糊涂的，在过道里还对着他们嚷了一句'自由思想万岁！'"

"那位布雷特施耐德先生最近还到这里来吗？"帅克问道。

"他来过几次，"女掌柜说，"他每次都是要一两杯酒，然后就问我谁到这儿来过。连顾客们在酒馆里面谈足球赛，他也要偷着听。其实他们是一看到他进来，就马上转移话题改谈足球比赛的事。搞得他时常打哆嗦，好像马上要抽疯似的。最近这一段时间，就只有横向街的一个裱糊匠上了他的当。"

"骗人家上当，还真的是训练有素，"帅克评论道，"这个裱糊匠笨不笨呀？"

"和我丈夫差不多，"巴里维茨夫人哭着回答说，"布雷特施奈德问他是否用枪打过塞尔维亚人。他就说自己不会打枪，但只是有一次在游艺场打靶时射穿了一个克朗。布雷特施奈德立即拿出记事本并说道：'唉，这又是一桩新的大叛国案件。'横向街裱糊匠之后被他们带走了，然后他就再也没有回来过。"

"他们当中的大部分人都回不来了，"帅克说，"劳架给我来杯罗姆酒。"

帅克刚刚喝完第二杯甜酒，布雷特施奈德就走进了酒吧。他极快又熟练地环视了空荡荡的酒馆，然后便在帅克身边坐下，并且要了杯啤酒，等待着帅克开口。

帅克从报架上面拿了一份报纸，瞥着最后一版的广告栏说：

"快看啊，什特拉什科维采村五号房的钦贝拉，要出售他的庄园连同三百六十四公亩耕地了，那块区域里还有学校、公路呢。"

布雷特施奈德神经质地用手指急促地敲着桌子，转过头向帅克说：

"真是扫兴，你怎么会对庄园感兴趣了呀，帅克先生？"

"啊！原来是您呀，"帅克说着，伸出手同他握手，"我刚才没有认出您来，我这记性真是不好。记得我们第一次好像是在警察总署见的面。最近您忙什么呢？您常到这里来喝酒吗？”

“我今天是特意来找你的，”布雷特施奈德说，“警察总署里有人告诉我，你是个狗贩。我想买一条上等的捕鼠狗或者猎犬，或者别的什么狗。”

“这个好办，”帅克回答说，“您是要纯种的还是杂种的狗？”

“我想啊，”布雷特施奈德对他说，“我认为还是要一条纯种的吧。”

“您不想要一条警犬吗？”帅克问，“这种狗能帮您跟踪所有东西，将您领到作案现场。沃尔舍维采的一个屠夫就有一只这样的警犬，还可以整天帮他拉小车。这种狗特别勤劳。”

“我想我还是要一只猎狗好，”布雷特施奈德平静而又固执地说，“一只不咬人的猎狗。”

“没有牙的猎狗好不好？”帅克问，“沃尔舍维采一个饭馆老板有一只这个样子的。”

“我还是要一条捕鼠狗吧。”布雷特施奈德犹豫不决地说，他对狗了解的实在太少了。如果不是警察总署有命令，他绝对不会主动去了解狗的事情。这个命令下得简短扼要并且紧急：必须尽快地通过帅克贩狗的活动，了解到他的一切。为了完成任务，他还有权用公款为自己挑选狗搭档。

“捕鼠狗有大小之分，他们尺寸不一，”帅克说，“我有两条小的和三条大的，这五条都可以抱到膝盖上逗着玩。我很乐意为您推荐它们。”

“也许这对我不错，”布雷特施奈德说道，“多少钱一条呢？”

“这就得看狗的大小了，”帅克回答说，“它跟买小牛犊不一样，刚好相反，狗越小就越值钱。”

“我认为还是要一条大一点儿的狗比较好。”布雷特施奈德说，他担心国家下拨的秘密款项被动用得太多。

“好！”帅克说，“大的我卖您五十克朗一条，再大一些的就四十五克朗。对了，还有一件事忘了问啦，您是要狗崽儿还是要年龄稍大些的？另外，您是要公狗还是要母狗？”

“什么样都好，”布雷特施奈德回答说，这些莫名其妙的问题将他搞得晕头转向了，“你就替我去办吧，明晚七点钟我去你家取，没有问题吧？”

“好的，绝对没问题，”帅克回答得很直接，“但是就眼下的情况，我不得不请您先预支给我三十克朗的订金。”

“好的，”布雷特施奈德说着便付了钱，“来，我们为这笔生意干一杯，我请客。”

两人喝完后，帅克支付了自己的那份酒钱。布雷特施奈德对帅克说：“不用害怕我，今天咱们不涉及公事，可以谈谈政治。”

帅克却强调着：“我从来不在酒馆里谈论政治，整个政治都是用来骗小孩子的。”

布雷特施奈德对此却有更独特的见解，他认为每个弱小的国家最终都要走向灭亡之路，他紧接着问帅克对此有什么看法。

帅克连忙声明，他可帮不了忙。有一回，他照料一只身体虚弱的圣伯纳狗崽，喂它吃军用饼干，可是这条狗崽还是死了。

从那以后，布雷特斯奈德称自己是名无政府主义者，并且请教帅克，像他这样的人应该加入哪个组织好。

帅克说，有一回一名无政府主义者以一百克朗的价钱从他这里买了一条莱欧堡狗，但是那笔钱到现在都还没有付给他。

等他们喝到第六杯时，布雷特施奈德便大肆谈起革命和反对宣战动员令来，帅克连忙靠近他，在的他耳边细声细语地说：

“酒馆里刚刚进来了一位客人，假如他听到您这番谈话，那您就倒霉了。女掌柜又在哭泣了。”

巴里维茨夫人正坐在柜台后面的椅子上伤心地哭泣。

“哭什么呀，巴里维茨夫人？”布雷特施奈德问道，“三个月以后我们赢了这场战争，到那个时候，国家来个大赦，你家掌柜不就回来了？到时我们还会到你这儿聚会庆祝的。”

“你说我们肯定能够打赢吗？”他转过头来问帅克。

“您怎么总在这个问题上面绕来绕去问个没完没了呢？”帅克说，“我们肯定会胜利的。好了，我该回去了。”

帅克付了酒钱，就回到他的老佣人米勒夫人那里了。她见到开门进来的帅克，显的有一些吃惊。

“我以为您得多年之后才可以回来呢，”她习惯用坦率的口气说，“所以，我因为怜悯，便收留了一位午夜咖啡馆的看门人。已经有人来查过三次户口了，他们什么也没查到，就说您没得救了，还说您很狡猾。”

帅克立刻观察到，这名从没听说过的房客在他这儿生活得相当舒坦：自己睡了一半床，另一半是一个长发精灵躺着。她好像十分感激，正搂着他的脖子熟睡。两人的内衣在一边扔着，从这个乱乱的情景可以看出，这位看门人准是兴高采烈地带着他的情人寻欢作乐来了。

“先生，”帅克摇晃着这位乘虚而入的房客说，“先生，快醒醒吧，别误了您的午餐。如果您对别人说我是在您没地方吃午饭时把您赶走的，那我可就太冤枉了。”

那个人睡意正浓，还没明白是房主回来了。他依然坚持说，他有权睡这张床。并且还懊恼地警告：如果有人搅乱他的美梦，他就要打他几个拳头。说完以后，他还想要继续睡觉。

这时帅克拾起了他的内衣，扔到床上，边用力摇着边对他说：

“如果你们还不赶快离开的话，我就把你们赶到大街上，就像现在这个样子赶出去。你们还是识相一点穿上衣服赶快滚。”

“本来想要睡到晚上八点的，”门房一边穿裤子一边不好意思地对帅克说，“我付给这位夫人每晚两克朗的床位费，她同意我把咖啡馆的小姐带来的。玛森娜，快起来吧！”

当他把领子扣上，系好领带的时候，他已经完全觉得能向帅克介绍说，“含羞草”午夜咖啡馆是最好的夜间娱乐场所之一，只有那些持有警察署颁发的体检合格证的女人才能进去工作，并且发自内心地邀请帅克去光顾。

然而他的女伴玛森娜却对帅克嗤之以鼻，对他仅说的一句话是：“你是大主教养的崽子！”

两个不速之客刚离开，帅克就去找米勒夫人算账。但是却连她的影子都找不到，只找到了一张便条，上面是米勒夫人潦草的笔迹，内容却很轻松地表达了她对这件事的歉意：

“请您原谅我吧，先生，我再也看不到这个世界了，因为我要跳窗户了。”

“胡说!”帅克说，他开始耐心的等着她。

半小时以后，可怜的米勒夫人悄悄地溜进了厨房，她的表情非常忧郁，她希望帅克能够安慰她几句。

“如果你真的想跳窗户，”帅克说，“那么就到卧室去跳吧，我已经把窗户打开了。我可不想你从厨房的窗户跳下去，那样你会落到玫瑰园里，将花丛压坏的，你还得赔偿我损失。如果从卧室的窗户跳下去，刚好落到走道上，你运气好的话，把脖子摔断了；如果不太幸运的话，就会将所有的肋骨和胳膊腿之类的都摔断，还需要交住院费。”

米勒夫人哭了，她轻手轻脚地走进了帅克的卧室，将窗户关上，回来跟帅克说：“开着窗子风大，对先生的风湿症不利。”

然后她走过去认认真真地开始打扫，然后噙着眼泪回到厨房，开始对帅克汇报他离开家的这段时间所发生的事情：“先生，我们在院子里喂的两只小狗都死了。那只司爱波拉狗在他们来家里搜查的时候遛跑了。”

“我的天啊!”帅克大叫道，“这东西跑出去一定会惹麻烦的。警察一定在找它哩。”

“正在搜查的一位警察先生把它从床底下拉出来时，被它咬伤了，”米勒夫人接着汇报说，“有人说，床底下藏了一个人，然后警察就以法律的名义命令那只司爱波拉狗出来，但它就是不出来，因此他们就动手拉它。它对着他们狂叫乱咬一番，接着就冲出门外，杳无音讯了。他们问有谁常到我们这儿来，还问有没有国外的汇款。后来他们觉得我笨，就因为我说，偶尔也会收到国外汇款，曾收到了来自布尔诺一名司机寄来的买安格拉猎狐犬的六十克朗，就是您曾经在《民族政策报》上做过广告的那条狗，最后您没有将他要买的那只狗寄过去，却是把一条瞎眼的小狐狗崽装进枣木箱里寄了过去。后来他们又特别和气地将那个午夜咖啡馆的看门人介绍来住，说是这样可以让我战胜恐惧……”

“我讨厌这些警察长官，米勒夫人，”帅克叹了一口气，“你以后等着看好戏吧，将来不知道会有多少警察要到我这来买狗哩。”

我不明白，如果有人查阅警察总署的档案，在私下拨款项目当中，能否看到这样的符号，如：B——四十克朗，F——五十克朗，L——八十克朗，诸如此类；如果他们错将 B、F、L 当作人名缩写，以为他们为了四十、五十、八十克朗就犯罪，那么就大错特错了。

“B”代表的是体形高大的司爱波拉种狗，“F”意思是猎狐犬，“L”则指的是一种猛犬。这些狗全是由布雷特施奈德从帅克那里买到后带到警察总署去的。但它们与纯种狗毫无相同之处，并且相貌极其丑陋，但帅克却把它们当作纯种狗卖给了布雷特施奈德。

他卖的所谓司爱波拉狗是由杂种卷毛狗跟大街上的一条野狗交配而产下的；所谓的猎狐犬，有一对猎獾狗样的耳朵，个头跟条猛犬一样大，两只腿歪着，就像患了软骨病似的；而那只猛犬，满脑袋的粗毛，嘴巴像是品捷狗，尾巴被剪得短短的，个头有达克斯狗那么高，屁股溜光，像是有名的美国秃毛狗一样。

然后密探卡卢斯也去买狗，可他买的却是一只惊恐万状、胆小如鼠的鬣狗，似是一条周身斑点的怪物，长着苏格兰牧羊犬一般的毛。于是他在警察总署里的秘密费用当中又写上了 D——九十克朗这笔开支。据说这条怪狗还被他们当作猛犬使用呢。

和布雷特施奈德一样，卡卢斯同样也没从帅克那儿打探到什么，就连他那熟巧的政治言语也被帅克巧妙机智地转移到给小狗治犬瘟的话题上。密探们费尽心思为帅克设计的圈套，最终都变成了布雷特施奈德从帅克那儿牵回一条丑八怪的杂种狗。

狡猾密探布雷特施奈德的灾难时刻到来了。他的住宅里挤着七条这类丑八怪狗，不得已他只有把自己和它们一起关在后边的房子里，这些总是不被喂饱的狗终于饿疯了，毫不留情地把他给吃掉了。

他死后为国库省了一笔殡葬费倒可以说是他这一生最大的功德。警察总署里面的人事档案的履历表中，加上了这么几个充满悲剧性的字：“被一群饿疯的狗吞食。”

帅克听说了这个悲惨事情后，说：

“我怎么也想不到，当他接受末日审判时，该去什么地方收集他的尸骨呢？”

第七章 帅克应征入伍

前线传来了消息说，奥地利军队在加里西亚的拉包河岸的森林全军溃退，在塞尔维亚的军队也连续地吃着败仗时，奥地利陆军总部突然想到要再次起用帅克，期望他能把帝国从危难中解脱拯救出来。

时间并不长，帅克接到了部队的通知，并且限他一周之内到斯特舍列茨基岛进行体检，但他的风湿症又复发了，不得不躺在床上休息。

米勒夫人在厨房里帮他煮着咖啡。

“米勒夫人，”帅克用平静的语调在卧室里喊道，“米勒夫人，请到我这里来一下。”

女佣人站到了他的床旁，帅克又以同样平静的语调说道：“请坐，米勒夫人。”他的声音有些神秘。

米勒夫人坐下后，帅克从床上站了起来说：“该是我重新回部队的时候了！”

“我的天啊！”米勒夫人尖叫了一声，“您去做什么呢？”

“打仗，”帅克郑重地回答，“现在奥地利前线情况非常紧急。在北线上，敌人正向我们的克拉科夫进攻；而在南线上，他们正在向匈牙利开进。我们遭到了两头夹击，他们现在召我入伍。昨天我在报纸上看到了这样的句子，‘在我们美丽的祖国上空乌云弥漫’。”

“可您现在还不能动呢！”

“那没有关系，米勒夫人，我可以坐着轮椅打仗的。我有用的东西在街口糖果店老板那儿。前些年，他就是用那个轮椅推着自己脾气不好的瘸腿爷爷出来散步的。米勒夫人，你也这样推着轮椅带我去从军吧。”

米勒夫人哭起来了：“先生，我还是为您请个医生来吧！”

“不用，米勒夫人。只是我的双腿不能活动自如，其余部位都很健康。现在国家正是需要人的时候，即使是残疾人也应该找准自己的位置。你快去煮咖啡吧。”

米勒夫人离开以后，好兵帅克便躺在床上唱起了歌：

当东方升起了太阳，

温迪施格雷茨的勇士们上到了前线。

冲，冲，冲！

他们去作战，直向主呼喊：

“愿耶稣与圣母玛利亚保佑我们，

冲，冲，冲！”

米勒夫人很是吃惊地听着战歌，竟忘记了咖啡，然而她全身都在抖动，却还畏惧地听着帅克在床上继续唱道：

与圣母同在，守住四座桥梁，

博安莫坦呀，前卫要加强。

冲，冲，冲！

索尔菲林一役，血战正酣，

鲜血汇成河。

冲，冲，冲！

鲜血汇成河啊，躯体成肉酱！

十八好男儿，英勇杀战场。

冲，冲，冲！

十八好男儿啊，遇难别慌，

就在你身后呀，运送军饷忙。

冲，冲，冲！

“先生，求您不要唱了！”尽管米勒夫人带着哀哭的声音从厨房传出，可是帅克仿佛没有听到，还依然唱他那首战歌：

军粮钱饷车上装，

我们实力强，

冲，冲，冲！

米勒夫人急冲冲地奔出去找医生。一个小时以后，医生来了，帅克却熟睡了。

这个身材魁梧的医生将他叫醒，手放在了他的脑门儿上摸了摸，说：

“放松一点儿，我是维诺堡的医生——请把手伸过来我看看——把这个温度计夹在腋下——对了，就是这个样子——让我看看您的舌头——再往外伸一点儿——不要动——您的父母是怎么死的？”

眼下维也纳当局正在号召奥匈帝国内的各个民族准备为国捐躯，而巴威克医生却为帅克的爱国热情开了镇静药，叮嘱这位骁勇而和善的士兵别再想应征入伍的事。

“您好好的躺着休息吧。我明天再过来。”

第二天医生便来了，询问米勒夫人帅克的状况。

“病情越来越糟糕，医生，”她担心地回答道，“昨天晚上，他的风湿症又复发了，可他竟唱起了奥地利国歌，您说怎么办才好。”

巴威克医生只好增加镇静药的剂量，以控制他的病情。

第三天米勒夫人向医生报告说，帅克的病情更加地严重了。

“医生，昨天下午他让我出去，帮他找一张战场地图。晚上他就开始胡思乱想，并且说奥地利必赢。”

“他的药是严格按照处方服用的吗？”

“没有，医生，他不让我去取。”

巴威克医生对帅克的态度十分气愤，表示不会再给这类人看病了，说完便愤怒地走了。

再过两天，帅克就必须到征兵军委会去报到了。

在这之前，帅克做了一些准备工作：首先，他让米勒夫人帮他买了一顶军帽；其次，又叫她去街角糖果店那儿把轮椅弄来；然后，他觉得还需要一副拐杖，刚好糖果店老板还保存着一副拐杖，那是一家人怀念他们祖父的纪念物。

现在帅克就缺一束应征者胸前要佩戴的鲜花了。这个嘛，米勒夫人也帮他置办了。边走边落泪的米勒夫人这几天瘦了许多。

在一个极富纪念意义的日子里，布拉格大街上出现了一幕精忠报国的动人场面：

一位老妇人推着一把轮椅，上面坐了一个头戴军帽的男子，他那镶着“弗兰西斯”标志的帽徽是那样的明亮闪烁，手中挥动着拐杖，外套上面还戴了一束鲜艳耀眼的鲜花。

他不断地挥着手中的拐杖，沿着布拉格街道边行进边大声呼喊口号：

“打到贝尔格莱德去！打到贝尔格莱德去！”

在帅克出发入伍的那幢房子前面开始时聚集了一小群人，后来人越聚越多了。

帅克相信，包括那些站在十字路口值勤的警察也在对他致意。

而在瓦茨拉夫大街上，人又增加了好几百个。在克拉科夫街拐角处，有一名戴制服帽的德国大学生被打，因为他用德语冲着帅克直喊：

“万岁！打倒塞尔维亚人！”

一队骑警在沃奇契科瓦街拐角处赶来，然后将跟在帅克后面的人群驱散了。

巡警正准备逮帅克，他却拿出白纸黑字的文件，证明他是奉命应征入伍要去军委会报到的。但是为了防止他继续引起治安混乱，两名骑警将帅克护送到设在斯特舍列茨基岛的征兵军委会。

而对于这一事件，在《布拉格官方新闻报》是这样报道的：

残疾人的爱国情结

昨天上午，布拉格街道行人目睹了可歌可泣的壮举，在国难危急之际，我国男儿是精忠报国的最佳典范，也是希腊罗马古风的再现。穆戚约斯·司开沃拉不顾他灼伤之手，而犹率军队勇猛作战。昨天，一位手执拐杖的残疾者，乘老母所推的轮椅奔赴疆场，此种情况实在是感天动地。我们捷克民族子弟，身体虽然残疾，但是依然自愿从军，为我们国家存亡即使献出宝贵的生命也在所不惜。对着布拉格通衢大港高声呼喊“打到贝尔格莱德！”热诚赞许，足以表明布拉格民众对祖国及皇室的无限爱戴。

《布拉格日报》也以类似笔调刊登了这件事情。文章的最后还说到，这位自愿从军的残疾人后面跟着一群德国人，他们用身体拯救了他，以防他受到协约国的捷克籍特务的殴打。

《波希米亚报》刊登了这样的新闻，呼吁给予这位残疾爱国志奖励，还报道凡德籍公民愿意对这位无名英雄有所捐献的，可以直接送到该报馆去。

依照这三家报纸的报道，帅克是捷克国唯一的高尚公民了。但是征兵军委会的先生们却不以为然。

尤其是主管军医的鲍茨医生，他是个蛮不讲理的恶人。他觉得，所有人都在想方设法用欺骗的手段逃脱兵役，不敢上前线。

人们经常听到他对此发表的感慨："捷克人全都是躲开兵役的匪徒。"

两个月零十天内，他亲手检查了一万一千名应征者，其中查处有一万零九百九十九名是装病逃避兵役，剩下那个是幸运的，如果不是因为当鲍茨医生大喊"向后转"时中风而死去，准能凑够一万一千名的整数，同样会被抓起来。

"将这个装病的逃兵死人抬走。"鲍茨医生确定那人已经死后，说道。

而就在那一天，帅克和一群人，毫无掩饰地站到了这位医生面前，尴尬地用那支撑着自己身子的拐杖遮着羞。

"这的确是一片好的无花果叶啊，"鲍茨说，"据我所知，这种无花果叶在天堂里面从没见过呢!"

"这个人被诊断为智障。"军医主管一边翻阅着帅克病历档案，一边解释道。

"你还有其他的病症吗?"鲍茨问道。

"报告长官，我还有风湿病。但是，就算是粉身碎骨，我都要效忠陛下，"帅克谦虚地说道，"我的膝盖肿了。"

鲍茨恶狠狠地瞪了他一眼，叫："又是一个装病的逃兵!"然后转过身用冷冰冰的语调对士兵说："立刻把这家伙关起来!"

两个士兵扛着上了刺刀的步枪将帅克押到军事监狱里去了。

米勒夫人扶着轮椅在桥上等着帅克，当看到他被上了刺刀的士兵押解的时候，她伤心地丢掉轮椅扭头就走。

而好兵帅克却非常谦恭地行进在国家武装保卫者的队列中。

刺刀在阳光下非常刺眼，当他们走到小城广场的拉德茨基纪念碑前时，帅克回头朝后面的人群又振臂高呼：

"打到贝尔格莱德！打到贝尔格莱德!"

纪念碑上拉德茨基元帅的塑像犹如在用梦一般的眼神低头看着帅克，看着他佩戴在外衣上面鲜艳夺目的花束，并拄着两根旧拐杖一瘸一拐地走远了。此时，一位先生则严肃地告诉周围的行人说，他们护送的是一名“逃兵”。

第八章 帅克装病成为逃兵

在国难当头的情况下，军医们全部的心思便是，打掉附在那些假病号身上的那种消极怠工的鬼胎，将他们送回军队。

这些装病者的疾病非常多：肺结核、风湿症、疝气肿、肾炎、伤寒、糖尿病、肺炎以及各种杂症。

为了制裁这些装病的人，有关部门把相应的惩罚制度分为：

一、控制饮食：不管患有何症，早晚都一律各饮茶一杯，连喝三日；为了出汗，每次还要随服一剂阿司匹林。

二、为了让这些假病号体会军队的艰苦，应该服大剂量金鸡纳霜粉剂，也就是所谓的“舔服奎宁”。

三、每天用一公升温水洗胃两次。

四、用肥皂水和甘油来灌肠。

五、用冷水浸湿的被单来裹身。

有些人在受过这五级苦刑后，便被装进一具简易的棺材，送到军用墓地埋葬了。有些人实在坚持不住，刚到灌肠的阶段就称病治好了，并同意跟随下一个先遣营立即进入战壕。

而帅克一到军事监狱，就被关在了一个所谓病房的茅棚里，那里面已经住了几个胆小的假病号。

“我真的支持不下去了。”坐在他旁边床上的一个人说道。他刚刚才从门诊部回来，在那里他已经被洗了两次胃。他是假装眼睛近视。

“我决定明天就去团队了。”左边的一个人接着说道，他刚刚被灌完肠。这个人装的是耳聋。

而挨着入口处的那张床上躺着一个奄奄一息的痨病鬼，他的身体正裹在一条凉水浸过的被单里。

“这是本周内的第三个人了，”坐在帅克右边的人说道，“你有什么病呀?”

“我患有风湿症。”帅克回答道。听到他的回答，茅棚里面的人都哈哈笑起来。就连那个快咽气的痨病鬼也笑了。

“风湿症在这里不算什么，”一个肥胖的男子用非常严肃的表情提醒帅克说，“风湿症在这里根本不算病，就跟脚上长个鸡眼差不多。我因为贫血切掉了大半个胃，而且还拿掉了五根肋骨，就这样还依然没人相信我。前一些天，这儿来了个聋哑人，他们每隔半小时就给他换一张凉水浸过的被单，就这样裹了 14 天。除此之外，每天还要给他灌肠和洗胃。医生在给他开催吐剂的药方时，所有的卫生兵都以为他能够回家了。然而他却坚持不住了，说：‘我不行了，我装不下去了，我还是恢复能说会听的功能吧。’所有的病友都劝告他坚持下去，可他却一直说自己既不耳聋又能说话。到了早上查病房时，他全招供了。”

“他坚持了很长时间，”一个假装一条腿比另一条腿短十公分的人说，“他不像那位假装中风的人，只用三片奎宁、一次灌肠和一天禁食，还没有等到洗胃，他的中风病便完全消失了。只有那个说是被疯狗咬了的人坚持的时间最长。他在这儿又是乱咬，又是狂吠，确实是装得挺像，但他就是没法让自己嘴里吐白沫。我们使尽了浑身解数帮助他，在每天查病房前的一个小时，我们一直帮他搔脖子，搞到他抽筋，脸也憋得紫了，可还是不吐白沫。没办法，早上医生查房的时候，他只有坦白装病。可惜呀！他无奈得像支蜡烛一样笔直地站在床前行着军礼说：‘报告长官，咬我的那条狗可能不是疯狗。’长官用一种异样的目光死盯着他，吓得他浑身哆嗦慌忙改口说：‘报告长官，我从来没被狗咬过。只是我自己在自己手上咬了一口。’老实交待以后，他们便给他定了一条自残的罪名，说为了逃避上前线打仗而想把自己的手咬下来。”

“凡是关于口吐白沫的病，一般都很难装。”那位装病的胖家伙又说道，“癫痫。这里有个患癫痫病的，他总是跟我们说，他有的时候一天发作十多次，发一次病不算什么。当他发作的时候，两只手攥得紧紧的，眼睛瞪得像铜铃，他自己抽打自己，舌头也都伸了出来。总而言之，一看上去就是癫痫，简直像极了。忽然有一天，他长疖子了，脖子上两个，背上两个。抽搐了一阵以后，脑袋动不了了，只好趴在地板上面抽打自己，然后便发起高烧，结果烧的自己把事全都招了出来并让查房的医生听见了。当他发烧时，特地给他提供了两天的病号饭，早饭是面包加咖啡，而中午有汤、馒头片和调味汁，晚上还有粥或者汤喝。而我们却都饥肠辘辘，带着清洗过了的胃，眼睁睁地看着他大吃大喝、舔嘴咂舌、打着呼噜和饱嗝，他这样也真够让我们受罪的。他的这种做法让另外三人大上其当，说他们装的是心脏病。"

"也许像他们那样才是最好的办法，"另外一位装病者说，"我们的隔壁房间里有两个教师委员会的人。有一个不分昼夜地叫喊：'焚烧布鲁诺的边境上还在冒着烟！'而另外一个则学狗叫，刚开始是"汪——汪——汪"三声慢的，之后是"汪、汪、汪、汪、汪"五声快的，接着又是慢的了，这样反复不停地叫，他们两个持续三周了。我本来也打算装成一个宗教狂，宣扬教皇的至圣至贤的疯子。后来我花十五克朗，让小城区的一个剃头匠在我身上弄了个胃肿瘤。"

"我认识一个住在布舍夫诺瓦打扫烟囱的人，"另外一个病号说，"你只需花上十克朗，就能让你体温突然升高，而且还想去自杀呢。"

"这没什么呀，"又一个病号说道，"在沃尔舍维采有个接生婆，假如你愿意花仅仅二十克朗，你的踝骨就可以脱节，保证你残疾一辈子。"

"我只花了五克朗就把脚弄脱节了，"靠窗户的一排床上有一个声音说，"五克朗和三杯啤酒。"

"我这病花了两百多克郎，"坐在他隔壁的一个特别瘦弱的人说道，"我敢打赌，世界上的毒药都被我吃遍了，我就快成了毒药的仓库了，随你们说哪种。我曾经喝过生汞，还吸过水银蒸气，我嚼过砒霜，也抽过鸦片，尝过上面有吗啡的面包，也吞过马钱子碱，还喝过含磷的二硫化碳和苦味酸。我的肝、肺、肾、胆、脑子、心脏、肠子都被毁了，可也没人能说清我究竟得了什么病症。"

"我看最好的办法还是在胳膊的皮肤下面注射点煤油。"靠门的一个人辩解说，"我的一个表哥就是这么做的并且走了好运。虽然他们将他的胳膊从肘部锯了下来，可是自从那以后，军队就再也没有找过他的麻烦。”

“的确，”帅克说，“为了要效忠陛下，每个人都得吃点儿苦头。不是被抽胃液，就是被灌肠。想当出初，我在军队里服役的时候，比现在还糟呢。如果有人生了病，他们就将他的胳膊倒绑起来，扔到一个洞里养着去。那个洞里可不像这儿，既没有床和褥垫，也没有痰盂。病人就睡在光板子上面。有一回，一个士兵患了伤寒病，紧挨着他的那个患了天花。两人就都被捆了起来，团部的军医还用力踢他们的肚子，并且说他们是假病号。最后这两个士兵都死掉了。这件事上了报，国会都知道了。他们怕我们看到这些报纸，便逐个搜查我们的小提箱，看谁藏有这些报纸。我一直都很倒霉，别人谁都没被查出来，全团就我那儿有。于是他们将我带到团部办公室。我们的上校，那头该死的阉牛对我又吼又叫，命令我立正站好了，逼我讲出谁是报社投稿人。如果不讲出来，就关在死牢里扯烂我的嘴。有一个军医走过来，在我的鼻子底下挥动拳头，咆哮咒骂道：‘你这只该死的狗，大浑蛋，倒霉的畜生，败类！’可我却很坦然地直看着他，不眨一下眼睛，也不讲一句话，还站得笔直。他们像一只只恶犬一样在我周围来回乱窜，对着我狂吠。我一声不吭，毕恭毕敬的，两只手一直紧贴裤缝。就这样僵持了半个钟头，上校跑到我面前怒吼道：‘你是不是个傻子啊？’‘报告，上校，我确实就是个呆子。’‘为了打掉他的那股傻劲，关他二十一天的禁闭吧！每星期斋戒两次，一个月之内不允许出营地，戴上四十八小时的铐子，马上把他关起来，跟他说，让他放聪明：我们的国家里绝不准有他这样的傻子。这个狗崽子，我们要将这些报纸从你的脑袋里抠出来！’这就是上校先生在来回乱窜了一阵以后作出的决定。在我被关押的期间，兵营里乱成一团。他们禁止士兵看任何东西，包括《布拉格官方新闻报》。兵营的食堂都不准用报纸包香肠、碎干酪。越是这样，军人们反而对读书报更感兴趣。事情适得其反了，而我们这个团却因此成了最有文化修养的团，我们每天都看书读报。有人甚至暗地里作诗写歌跟这位上校斗争。团里发生点儿什么事情，立刻就会有人用‘虐待士兵’之类的标题在报纸上发表文章。这还不算什么，他们甚至还给维也纳的议员们写信，要求政府替他们申冤。这些议员就在议会里不停地指骂我们的上校。有位来自赫卢博卡的士兵因为在出操时被上校打了一耳光，就向维也纳的议员们告了一状，但是结果他被关了两年。就算部长派小组去调查也无济于事，因为调查组刚走，上校就命令我们全团集合然后训话：士兵就是士兵，就应该少废话，一声都不吭，保持沉默老老实实地服役，如果有人不满意，就是不遵守军队纪律，不明白隶属关系。‘浑蛋们，你们以为检查组能帮助你们吗，上校继续道，‘能帮你们个屁忙！现在每一个连从我面前正步走过去，并全部大声重复一遍我刚才的话。’然后，我们一个连接着一个连地脸面向上校所站的位置开始‘向右看’，持枪行礼，对着他怒吼道：‘浑蛋们，以为检查组能帮助我们吗？能帮我们个屁忙！’上校乐开了花，脸上的笑容一直到第十一连从他眼前通过时才消失。第十一连正步行进得坚定有力，脚打在地上叭叭直响，走得十分神气。可当他们行进到上校面前时，怪了！什么声音都没有了。此时，上校的脸就像只大公鸡的鸡冠一样红。他命令十一连重新回原地再走一次。因此他们又正步行进着，但仍然是鸦雀无声，只能够看见一排排士兵怒视着上校。上校就下达了口令：‘稍息！’他自己却在院子里面跳脚，并且用鞭子抽打着自己的高筒靴，还啐着唾沫，然后忽然停下来，大喊一声：‘解散！’然后骑上他的瘦马跑出了院门。我们都在等着，猜测十一连将要遭受什么样的磨难，结果却出乎意料，我们都等了整整一个星期，可什么事竟然都没有发生。从此，这位上校就没在兵营里露过面。这下，乐坏了那些士兵和军官们。后来上级就又派来了一位新的上校，据听说那个老上校进了疗养院，因为他亲笔上书给陛下，说是十一连造反。”

下午查房的时间到了。只见格林施泰因军医挨个查着床铺，军士卫生员拿着花名册跟在他后面。

“马楚纳——灌肠和服阿司匹林！”

“波科尔尼——洗胃和吃金鸡纳霜！”

“克瓦希科——灌肠和服阿司匹林！”

“科恰特克——洗胃和吃金鸡纳霜！”

就这样逐个诊断，下处方，迅速地进行着。

“帅克？”

格林施泰因医生对这个新来者瞅了一眼。

“有什么不舒服?”

“报告长官，我患有风湿症。”

格林施泰因医生在他医务期间，他一直感觉用一种讽刺的态度对待病人，比训斥更有效果。

“啊哈，风湿症啊，”他对帅克说，“你病得很严重呀！这可巧了，不用急，在爆发世界大战的时候，需要人到前线打仗时得了这种病，你肯定很着急吧?”

“报告长官，确实是这样的。”

“这么说来，还让我说对了。那可太棒了，患了风湿症还来到我们这里，不打仗的时候你这家伙倒像一只兔子整天乱动，但是刚一打仗，看看，你的风湿症马上便来了，膝盖也都不灵了”

“报告长官，是疼得很厉害。”

“夜夜地不能入睡，是不是啊？哼，风湿症，这种病确实是危险，还很不好受，也十分麻烦。但在我们这里治疗风湿症，有让你满意的方法。严格饮食控制跟多种疗法是非常有效的。不信你就试试吧，你在我们这里治疗比在皮什昌尼的疗效要好。最后，你就能够顺利地开赴前线，你的屁股后面还会扬起一片尘土呢。”

接着他转身对着军士卫生员说：

“记住他的处方：‘帅克，严格控制饮食，每天洗胃两次，另外加一次灌肠。’而至于下一步治疗措施，看看再说吧。现在就把他送到门诊室，先把他的胃洗得干干净净，再替他灌肠，要给他灌得满满的，直到灌得他喊爹叫娘的，这样一来他的风湿症也就吓跑了。”

接着他对所有的病人们发表了讲话，话中还充满了睿智和幽默的警句：

“你们不要以为自己那些小把戏能够帮助你们蒙混过关。无论你们找什么借口，我全不害怕。我很清楚，你们都是在装病想逃避兵役，我就满足你们的心愿。像你们这种兵痞，我对付过不知道有多少人了。曾经这些床上睡过大批的应征者，他们根本就没有病，而是缺少尚武精神。他们的同胞在前线拼命，而他们却想在后方赖在床上不起，吃着医院提供的顿顿饱餐，等待着战争的结束。哼，你们这帮狗崽子真他妈的打错了算盘，我要让你们这些人二十年后想到这儿的经历在梦里依然心惊胆战。”

“报告长官，”靠窗口一张床上有一个人粗声粗气地说，“我的病已经好了。昨天夜里我感觉我的哮喘有些好转。”

“好，在去前线之前你还要灌一次肠，”格林施泰因医生决定说，“省得你以后说在我们这儿没有给你好好看病。现在全体病号给我注意：我读到了谁的名字，那么谁就跟着卫生员去领自己应该得到的那一份。”

于是，每个人便都领到了医生开的一大堆药。接下来帅克的表现让人觉得他很能干。

“千万要狠下心来，”帅克提醒给他灌肠的医生说，“不要忘了自己以前宣誓效忠陛下。这里即使是自己的亲爸或者亲兄弟，给他灌肠您依然不能手软，最好眼睛眨都不眨。心里只有一个念头：奥地利是靠灌肠才坚不可摧的，胜利必将属于奥地利！”

第二天格林施泰因医生查房时，专门询问帅克对军医院印象如何，是否喜欢它。

帅克回答说道，这儿是一所管理不错、并且医德高尚的医院。医生给他加了一些阿司匹林和三片奎宁作为他对医院赞扬的奖励，并嘱咐他立刻用水冲服下去。

就是苏格拉底当年喝下那杯有毒的人参汤的时候，也没有像帅克那样安详地服用奎宁，他将各级苦刑都尝遍了。

帅克被他们裹进湿被单时，医生问道：

“现在还好吧？”

“报告长官，就像是在浴池里或者跟在海滨消夏一样。”

“你还患有风湿症吗？”

“报告长官，好像我的病还没有完全好转。”

于是帅克将要遭受新一轮的折磨。

在这段时间内，一位已故步兵元帅冯·博策海姆男爵的遗孀正到处打听，努力寻找前不久在《波希米亚报》上报道的那位爱国士兵，虽然他是一个让别人用轮椅推着也要去参军的不健全的人，嘴里还喊着“打到贝尔格莱德！”

终于从警察总署里打听到了这名士兵就是帅克。因此冯·博策海姆男爵夫人在她的女伴陪同下，带着提篮子的男仆，来到赫拉尼昌的军医院看望帅克。

男爵夫人怎么也不明白，为什么帅克会躺在军事监狱开的军医院里？这究竟是怎么回事？她递出名片，军事监狱的大门便打开了。办公室的人对她都非常热情。五分钟之后，她知道她所要找的那位“好兵帅克”就躺在第三病房的十七号床上。不知所措的格林施泰因医生亲自陪同男爵夫人前去探视帅克。

帅克在接受完格林施泰因医生所制定的一天应该受的苦刑安排后，正坐在自己的床铺上，被一群骨瘦如柴、饥饿不堪的假病号们团团围着。现在还没有缴械投降，依然在严格控制饮食的战场上和格林施泰因医生顽强地作斗争。

如果有人听到他们下面的谈话，肯定会以为自己是置身于厨师协会，或者是在一个高级烹饪学校或者别的美食训练班学习过。

“即使那些次一点的油脂渣也可以吃，只要是热乎乎的。”那个患有“经久不愈胃炎”的人说，“炸油时，要先把油渣挤得干干的，然后再撒上一点盐和胡椒面，我发誓，这个样子吃就连鹅油渣也都比不上。”

“别提鹅油渣了，”那位得了“胃肿瘤”的病号说，“那可是世界上最好吃的东西了，脂油渣怎么能和它相提并论呢？当然，必须要用犹太人那样的烹饪方法，把它煮得金黄金黄的。他们习惯用一只肥鹅连皮带脂地撕下来炼油。”

“你知不知道，假如煮出的是猪油渣子，那么你的说法就错了，”紧挨着帅克的那一位说道，“当然，我说的是必须用家禽的脂肪炼出来的油渣，因此叫家常油渣。它既不是褐色，也不是金色，应该是介于两者之间的颜色。这种油渣要软硬适度，不需用牙咬，不然就是炸过头了。要能在舌头上化掉，同时不让你感觉有油在下巴上流。”

“你们有人吃过马油渣吗？”突然一个带有讽刺的声音传过来，此时卫生员跑了进来说：

“你们都躺到床上静静地呆着，有位男爵夫人要来这儿。不允许你们把又脏又臭的脚从毯子下面露出来！”

冯·博策海姆男爵夫人的出场非同寻常。她的后面跟着一队人马，包括医院的库管员也跟在后面。男爵夫人应该把他从后方油水充足的食槽边扔到前沿阵地的铁丝网下去喂榴霰弹。

库管员的脸色很憔悴，格林施泰因医生的脸色苍白毫无血色。印有“将军遗孀”头衔的老男爵夫人的名片，和跟这个称呼有联系的所有东西：交情、庇护、控诉、调去前线等等字眼，都在他们的眼前晃来晃去。

“这位便是您要找的帅克先生，”医生强装镇静地说道，将冯·博策海姆男爵夫人领到帅克床前，“这个人非常老实忠厚，有一股子韧劲儿。”

冯·博策海姆男爵夫人在帅克床前的一张椅子上坐下，然后说道：

“捷克兵都是好兵，即使残疾依然很英勇，奥地利人非常喜欢捷克兵。”

她抚摸了一下帅克长满胡须的脸颊，接着说：

“我从报上看到了有关你的行为，并给你送来好多吃的、嚼的、抽的和含着的。你是一名捷克兵，一名好样的兵。到这边来一下，约翰！”

叫约翰的这个男仆留着一脸钢针般的络腮胡子，看上去像是个巴平斯基大盗。他提着篮子来到床前，而男爵夫人的女伴——一位满含着泪水、身材纤细的夫人坐在帅克的床沿上，为他收拾压在背下的草垫儿，想把所有患病的英雄尽量服侍好。

此时男爵夫人从篮子里依次拿出礼物：十二只用玫瑰色绢纸包着的烤仔鸡，上面还扎了一条红黄丝带；两瓶贴着“愿上帝惩罚英国”商标的军用烈性甜酒，瓶子另一面还贴着弗兰西斯·约瑟夫与威廉两人手拉手做欢快游戏状的标志。

然后她又从篮子里拿出来三瓶滋补身体的葡萄酒和两包香烟。她将礼品一件件慢慢地摆放在帅克床上空闲着的地方，接着又放了一本装帧精美、名为《吾国先生生活轶事》的书，这是由当时销量最大的官方报纸《捷克斯洛伐克共和国报》的功勋主编撰写的，似乎他从这位老弗兰西斯身上看到了自己的影子。床上又多放了几块同样印有“愿上帝惩罚英国”商标的巧克力，其反面是奥地利和德国皇帝两个人的画像，但这张包装纸上他们二人已不是手牵手而是相互倚坐着。男爵夫人又拿出了一把很精美的、有着两行鬃毛的牙刷，上面印有拉丁语题词的“依靠共同的力量”，这可以让每一位拥有这种牙刷的人都能想起奥地利。还有一件是在前沿阵地和战壕里都非常有利用价值的非常雅致的礼物——一套剪指甲的工具，盒子上面印着榴霰弹在爆炸，一个戴钢盔端着刺刀向前冲的士兵，下面写着：“为上帝、陛下和祖国而战！”另外还有一包饼干，其中一面配有一首诗，上面倒是没有任何图画，另一面却印着捷克语的译文：

啊，奥地利，你是一座神圣的大厦，

展开你的旗帜

迎风飘扬吧！

啊，奥地利，你将永远屹立于世。

最后一份礼物是一盆洁白如玉的风信子。

当带来的所有礼物都已经被放到床上后，男爵夫人已经情不自禁地落泪了。那几个饥饿不堪的假病号已经垂涎三尺了。此时男爵夫人的女伴正扶着准备坐起来而且也流着热泪的帅克。病房显得像是在教堂一样的肃静。忽然，帅克双手合十打破沉默道：

“天国的先生——我们的父亲呀，您的名字至尊至圣，您的乐土从天而降……不好意思，尊敬的夫人，我说错话了，我想要说的是：天啊，我们的在天之父，感谢您的慷慨把这些礼物赐给我们，因为您的慷慨，您的仁慈，我们将尽情享用。阿门！”

帅克刚刚说完这些话，就从床上迅速抓起一只烧鸡吃起来，格林施泰因医生非常惊讶，他用极其惊恐的眼光看着帅克。

“大家看看，这位可爱的士兵的胃口多好啊！”老男爵夫人高兴地对格林施泰因医生耳语道，“他的病很快就会好了，我真的是太高兴了，很快就可以实现他的心愿了啊！”

然后，她走到每个床前逐个分发香烟和夹心巧克力，转完了一圈又再次坐到帅克床边，抚摸着他的头发说道：“愿主保佑您。”随后便带着随从及其他人员在门外消失了。

格林施泰因医生去楼下送男爵夫人，帅克阔气地把烧鸡分给同室的病友。他们都开始狼吞虎咽，当格林施泰因医生回来的时候，他们每个人面前只剩下一堆堆被啃得干干净净的骨头，活脱脱的像小鸡一出世就落入老鹰的利爪中，而被啃光的骨头简直就像是遭太阳曝晒了好几个月似的。

军用甜酒和三瓶葡萄酒也被喝得一滴不剩，一包包的巧克力和饼干也全部被病号们迅速消化在胃里；甚至有人误喝了指甲油，因为这瓶东西是和剪指甲的工具放在一起的；和牙刷放在一起的牙膏也不能幸免地也被咬了一口。

格林施泰因医生回来后立即原形毕露，依然摆出他那副争强好斗的架势，还作了一通长篇演说。结束了男爵夫人的来访，压在他心头上的一块大石头终于落了下来。一堆堆被啃的精光的骨头更加肯定了他的猜想，这些装病逃避兵役的家伙全部都无药可救。

“战士们，”医生的演说开始了，“假如你们的脑子还有那么一点灵活的话，就不应该把男爵夫人带来的东西吃得这么干净，你们刚才的种种行为恰恰证明了你们都很建康，所以我不会再相信你们身患重病了。或者你们是想患胃炎？那么你们可就错了！我可警告你们，在你们的胃尚未来得及消化这些东西之前，我就要把它洗净了。将来对你们的孩子们说，你们曾经有一次是如何吃掉了烧鸡等一系列好的食物，但是这些食物又是如何在你们的胃里仅仅停留一小会儿，便趁热被人抽了出来，让你们死都不会忘记那种感受的。现在你们一个一个地跟我来。不要忘了，我跟你们并不一样，你们全都是蠢货，我好歹比你们所有的人加起来还机灵一些。我还要告诉你们，明天我要再次请征兵军委会的人过来，你们在这里已经休息了很长一段时间了，按照你们刚才的行为，既然能够在五分钟内把你们的胃塞得满满的，那就足以说明你们都没有任何疾病。现在，正步走！”

轮到帅克的时候，格林施泰因医生莫名地瞅着他，想着刚刚男爵夫人突然造访，就问帅克：“你认识那位男爵夫人吗？你和她有什么关系？”

“她是我的继母，”帅克既从容又很自信地回答，“在我小时候，她随便就把我扔了，现在又找我的……”

格林施泰因医生无奈地随口说了句：“一会儿再给帅克灌一次肠。”

夜幕降临时，病房当中笼罩着一片悲戚。几小时以前大伙胃里还盛满各种美味佳肴，现在只剩下一杯淡茶和一片面包。

靠窗的二十一号床位上的病友说：“嗨，朋友们，你们相信吗？我觉得炸鸡要比烧鸡好吃。”

有人小声嘟囔了一句：“你这不是找打吗？”

大家经历了这次很不成功的宴会之后，都感到身体虚弱无力，全部都动弹不了，对这个话题也提不起兴趣来。

格林施泰因医生昨天留下的承诺成为了现实。上午几位征兵军委会委员来到了军医院。

他们满脸恼怒地走过一张张床铺，同时大声喊道："将舌头伸出来！"

帅克将舌头伸得长长的，两眼眯成了一条细缝，样子显得非常傻。

"报告长官，我已经将舌头伸到了极限。"

帅克认为，假如不这么说，这些委员们肯定会认为他把舌头藏起了一半。

而这些委员们却对帅克的态度却各持已见。

虽然有半数人认定帅克是智障，但是有些人认定他是一个浑蛋，一个故意拿着军队打仗的事情当儿戏的恶棍。

"如果我们斗不过你，那是要遭报应的呀！"征兵军委会的主任冲着帅克怒吼道。

帅克看着全体委员，就像幼稚的孩子一样。

一名军区参谋长走到帅克面前，说："我倒是想知道，你这个晕头昏脑的猪猡，现在还在打什么鬼主意！"

"报告长官，现在我没有考虑任何事情。"

"浑蛋，"有个委员的佩刀被碰得铿锵一响，并大声嚷着，"原来你什么都没有想！你这头蠢驴，那你为什么不想点儿什么呢？"

"报告长官，军队的纪律是不允许士兵们想问题，所以我什么都不想。当年我在九十一团服役的时候，我们的大尉长官总这样对我们说：'当兵不用思考什么问题，你们的长官在各个方面都为你们做了充分的准备。如果士兵动脑子想东西，那便不是士兵了，而是身上沾满着泥土的臭老百姓一个。思想肯定不能够……'"

"住嘴！"征兵军委会主任恶狠狠地打断了帅克的回答，"大家从前就知道你了，你以为我们真的相信你是一个智障吗……你根本就不是什么智障，帅克，你很狡猾，你是一个流氓、无赖、地痞，你知不知道？"

"报告长官，我现在知道了。"

"我刚刚已经跟你说过，叫你住嘴，听到了吗？"

"报告长官，我听到了。"

“我的天啊，叫你住嘴你就住嘴呀！你应该知道，我现在是在给你训话，不许你再废话！”

“报告长官，我知道不许我再说什么。”

这一帮军官互相交流了一下眼神之后，他们叫来了军士卫生员。“将这个家伙给我带到楼下办公室，”那位军区参谋长指着帅克对军士卫生员说道，“让他听我们的命令。在警备司令部拘留所里保证他不会再有这么多废话。这个家伙壮得像一头公牛，他还想装病，想借此躲开兵役。他竟然还造谣，拿他的上司开玩笑。他想在这儿寻欢找乐，搞一场闹剧、出一个段子。哼！等到你进了拘留所，他们就会要你知道：军队工作可不是闹着玩儿的！”

帅克被军士卫生员带到办公室，但是经过院子的时候他照样唱着歌儿：

我一向认为，

当兵真好玩。

玩个一两周，

就可把家还……

委员们继续在楼上病房里面折磨着其他装病逃避兵役的人。七十个病号当中只有两个逃脱了此劫：其中一个是被手榴弹炸掉了一条腿的，另外一个是真正患有慢性胃膜炎的。

除了那两位没听到“合格”外，就连三位病入膏肓的肺结核病患者也被宣布为可以服兵役。就在这个时候，这位军区参谋长可舍不得放弃长篇大论的机会。

他的演讲词由乱七八糟的骂人脏话拼凑而成，内容也十分枯燥：“你们这些应征者都是畜生、臭狗粪，只有你们为陛下英勇作战时，才能回归人性，也只有这样，你们现在的罪过才能够得到上帝的原谅，但我依然怀疑你们这些应征者能不能幡然悔悟，变为我想象中的人。我个人认为，你们一个个全应被绞死才对。”

有一位心地善良的年轻的军医，他请求这位军区参谋长允许他发表看法。他的话语充满了非常乐观和天真幼稚的精神，跟他顶头上司的讲话截然不同。他说着一口流利的德语。

他慷慨陈词："每一个离开医院而去打仗的人，全都可以称得上是一位胜利者和勇士。我深信，你们掌握了武器，无论是不是在作战，全都能保持自己的荣誉。你们将是继拉德茨基和欧根·萨沃依斯基王子之后荣耀不可战胜的军事家，你们将用自己的热血滋润神圣帝国的辽阔富饶大地，并且胜利地完成历史所赋予你们的光荣使命。你们将英勇无畏，不畏惧生死，在本团那面饱受战火的军旗带领之下前进，再前进，向着新的荣誉、新的胜利而冲锋。"

然后，那位军区参谋长在过道中跟这位天真幼稚的年轻军医说："先生，我敢跟您保证并且负责地说：您刚才所说的一切不会起到任何作用。不管是拉德茨基还是您的那位欧根·萨沃依斯基王子，都没办法把这帮浑蛋培养并造就成一批勇敢的战士。无论你如何用天使般的温柔，还是用魔鬼样凶狠的语气给他们讲话，效果几乎都一样。你要明白浑蛋们永远是浑蛋。"

第九章　在警备司令部的拘留所里

说来很搞笑，拘留所其实是那些不肯去前线打仗的人最后的一个避难所。有位学校的代课数学教员，本来他应该在炮兵部队服役，可他不肯去开炮，便用尽心思偷了上尉的手表，创造机会进拘留所，他这样做的确是经过深思熟虑的。他对战争既没有热情也并不陶醉，对于开炮轰炸敌人，或者是用榴霰弹和手榴弹炸死对面同自己一样不幸的、可能也是数学代课教员的人，他认为只有傻瓜才会这么做。

"我就不愿意做一个因为自己的暴行而遭受别人痛恨的人。"他对自己这么说道，因此他承认他偷了上尉的手表。刚开始时，他们对他做了神经系统的检查。后来，当他承认偷表是为了发点小财，这才被押送到了拘留所。这种由于偷盗诈骗案而被关进拘留所的人太多了。这里有着各色各样的人物。有一些靠战争发财的人，就是那些不择手段地在后方和前线贪污士兵粮饷的各级军官。此外还有一些所谓的小偷，其实“小偷们”比送他们到这里来的人还要老实得多。拘留所中还关着一些犯了与军事有关的罪行的士兵，比如违犯军纪、企图煽动骚乱、潜逃等等。此外，这儿还有一批政治犯，在他们当中，有百分之八十肯定是无罪的，但是他们中百分之九十九的人都被判了刑。

在奥地利所有的军队中都豢养着一批告密者，他们的生活支柱就是靠告发平常和自己一起生活的伙伴。

为拘留所提供材料的还有国家警察局的克里曼、斯拉维切克及其同伙们。军队书刊检查局还将一些通信者送到这里，只是因为这部分在前线的人和在家里的人设法取得了通信联系。警察们还把一些丧失劳动能力的老农民送了进来，因为他们在给前方作战的亲人们写信时提到了军事法庭，还写下一些安慰亲人的话，并向他们描述了亲人们离家打仗这十二年间家庭生活的贫困状况。

赫拉昌尼的拘留所有一条经过不舍夫诺瓦通向打靶场的道路。一群荷枪实弹的队伍前面押送着一个戴着手铐的人，一辆拉着简陋棺材的大车在队伍的后面跟着。此时，打靶场中响起了“举枪！瞄准射击!”的口令声。然后人们听到这样的通告：暴乱分子已经被射杀。该犯被征入伍的时候，因为上尉用马刀砍死了与他患难与共的妻子，所以他引起了一场暴乱。

拘留所被三个人控制着：军狱监狱长斯拉维克、大尉林哈德和绰号叫“刽子手”的军士谢帕。不知他们在单身牢房里折磨死多少人啊！如今成立了共和国，林哈德大尉可能还是大尉。我认为他在拘留所里工作的时间也算服役的日子。斯拉维切克和克里的服役年限应该从他们在国家警察局效力的时候算起。谢帕虽然已经退役，但是他重操旧业，继续去当他的泥瓦匠了。他在共和国诞生后说不定还成了某爱国团体的成员呢。

军狱监狱长斯拉维克先生在共和国成立后成了小偷，被抓住后判刑，现在依然在监狱里呆着。这个可怜虫没能像其他许多军官长官那样在共和国里有个荣耀的职位。

当然这些都是最后的遭遇，而此时当军狱监狱长的斯拉维克一见到帅克，便用责备的目光瞅着他，说：

“你既然已经跟我们在一起，那么你的名声也够臭的。小子，我们要让你在这儿像其他落在我们手里的家伙一样过得美滋滋的。但是我们的手一定不会像女人的手那么柔软无力。”

同时他还将自己那粗大的拳头伸到帅克的鼻子底下示威：

“来闻一闻看！”

帅克果真闻了一闻，然后对着他发表了自己的一点看法：

“我的鼻子可不想碰到它，它的味道就像在坟墓里散发出来的气味一样。”

军狱监狱长十分满意这句平和而沉着理智的话。

“喂！”他用拳头捶了一下帅克的肚子说道，“给我站直啰！你的兜里装的什么？香烟可以随身携带，钱就放在这里吧，以防被别人偷。什么都没有？真的没有？你可千万别撒谎呀，撒谎可是要受罚的。”

“把他关在什么地方呢？”军士谢帕问。

“放到十六号房间。”监狱长决定道，“把他和那些只穿裤衩的人关在一起，难道你没看见林哈德大尉先生在公文上的‘要严加看守’这句命令吗？”

“必须要这样办，”监狱长掉头转向帅克，板着脸说，“下流坯就是下流坯，必须要按照下流坯的办法处置。谁要是敢捣蛋，我们就把谁关进单人牢房，再打断他所有的肋骨，让他丝毫不能动弹，一直躺到死去为止。我们有这么做的权力。谢帕，你一定还记得很清楚我们是怎样对那个屠夫的。”

“那个该死的家伙让我们费了好大的力气啊，监狱长先生！”军士谢帕若有所思地回答说，“那个家伙的身体壮如公牛。我站在他的身上踩了足足有五分钟，他的肋骨才“咯嘣咯嘣”地一一断掉，鲜血才从嘴里淌出来。想不到此后他还活了十几天。确实是一个耐得起摔打折磨的皮实的人。”

“我们是怎么整治那些捣蛋的家伙的？你现在知道了吧，下流货，”监狱长斯拉维克结束他的训话说，“如果有人想偷着逃跑，那么无疑是自找苦吃。在我们这儿，对逃兵也是这样惩罚的。上帝关心你，你这个臭小子，如果巡察组来检查，你千万别想着打小报告！比如说，巡察组问你：‘您对这里有什么看法、抱怨，您满意吗？’你这具臭尸应该立即打个立正，行一个军礼，报告道：‘报告长官，我没有任何看法，一点儿都不抱怨，我对这里非常满意。’就这样说，你这个浑蛋，给我说一遍听听！”

“报告长官，我没有任何看法，一点儿不抱怨，我对这里非常满意。”帅克带着非常可爱的表情重复着，以致于监狱长误以为他很坦率很诚恳。

“好，那你现在只穿一条裤衩，立刻到十六号牢房。”他这回语气突然有点很和气，没带骂人的脏话。

帅克在十六号牢房里看到了十九个穿裤衩的人，他们的犯罪档案上都标有“要严加看守”的字样。目前他们被看管得特别严，以防他们逃跑。

如果说牢房里这些人的裤衩全是干干净净的，窗户也不装铁栅栏的话，猛地一看，您或许还以为自己是来到了某个浴室的更衣室呢。

军士谢帕将帅克交给了牢房里“囚犯的头”，这条大汉的衣衫敞开着，那毛茸茸的胸脯也裸露着。他把帅克的名字写在小纸上，并贴在墙上，然后跟帅克说：

“明天我们要去看戏。我们将被带到小教堂里去听神父布道，穿着裤衩的全部人，刚好都紧紧挨着站着。那个场景实在是太可笑了！”

与所有的牢房、监狱一样，拘留所的囚犯也特别喜欢到小教堂去。他们也不是特别厌烦监狱教堂的强制性询问，只不过到这样的教堂去能让他们与上帝更亲近，或者让他们能够多懂点儿道德。

对于拘留所的囚犯们来说，他们非常喜欢做祈祷或听布道。这个时候还能暂时让他们摆脱掉拘留所那种百无聊赖的生活。这倒不是说他们因此可以更加亲近上帝，而是在去教堂的路上、走廊和院子里随时都可能在痰盂里或满是灰尘的地上捡到香烟跟雪茄烟的烟头。这个味道熏人的小东西一下子打败了上帝和拯救灵魂的愿望。

另外，这种布道本来便是一种消遣，再加上团队军营神父奥托·卡茨又是一位极其可爱的人。他的说教非常的受人欢迎、逗人发笑，能够为拘留所的无聊的生活带来新的色彩。他把上帝那永恒、无尽的恩德讲得天花乱坠并且娓娓动听，使得那些卑贱的囚犯，那些失掉了荣誉的人们振奋起精神来。他站在讲坛上面可以用令人欢心的话语来咒骂，也能够用雄壮的语气朗读“祈祷完毕，请走”这句话。他主持的圣礼别出心裁，拿祈祷大典开玩笑，将它的顺序颠倒。如果他在布道前多喝了几杯酒，他还可能会编造出新的祷文和祈祷曲来，那是之前从来没有的、他所独创和使用的祷告词。

当他手里拿着圣杯、执杖或祈祷书，不小心摔倒的时候，那个样子简直滑稽到了极点。每到这时，他就大声斥责从囚犯中挑出来的助祭者，“你们故意用腿绊倒我，一会儿在圣餐保存器前宣布罚你们去坐单号子或带上手铐脚镣”。

被罚的人认为很好玩因此很开心，他认为这也是闹剧的一部分，自己在闹剧中也扮演着特别重要的角色，而且表演很精彩。

奥托·卡茨是犹太人，是军营神父当中的杰出人物。对于他是犹太人并没什么值得惊讶的。大主教科亨也是犹太人，并且与马哈尔（捷克著名诗人）还是好朋友哩。

军营神父奥托·卡茨的一段经历使他比更有名望的科亨大主教更加吸引人们的目光。

他曾经在一所商业学校读书，也作为志愿兵在军队里服役一年。他认为自己对证券交易法和证券等业务都极为精通，可在一年之内他父亲的“卡茨公司”被他搞垮彻底破产，老卡茨不得不背着他同他的合伙人与债主们偷偷地签订了一份善后补偿协议，然后就到北美去了。

就这样奥托·卡茨毫不吝惜地把“卡茨公司”分给了南北美洲，而他自己既没有产业可以继承，也没有居所可以安身，只有应召从军去了。

而在此前，他做了一件非常高尚的事：受了洗礼。他虔诚地向基督请求保佑他官运亨通。他将它当做与圣子耶稣之间的一笔买卖。

洗礼是在艾玛乌泽修道院隆重举办的。阿尔巴神父亲自为他进行洗礼，场面非常壮观。奥托·卡茨服役的那个团的一位虔诚少校参加了他的洗礼仪式，还有赫拉尼昌贵族女子专科学校的一个老处女。他的教父是一位脸比较宽嘴巴较大的主教团代表。

他的军官考试结果合格了，于是奥托·卡茨这位刚出壳的基督徒就留在了军队里。刚开始的时候他的前途一片光明，甚至还有直接到参谋部的训练班深造的想法。

其实他曾很荣幸地受到赫拉尼昌的大主教的接见，而后还进了神学院。在为他举行授予神职的礼仪的前夕，他居然在统领街后一座十分正派、规矩并配有女招待的房间里喝得个酩酊大醉，然后去了修道院，他扔掉自己的马刀并在那儿换穿了一件教袍，实际上是从一个寻欢作乐的地方独自跑去接受神职礼仪。从此以后他只有回到他的团里寻找避风港。当他被任命为所在团的军营神父以后，便立刻买了一匹马，而且经常骑着它在布拉格大街上闲逛，还很踊跃地参加团里军官们的各种酒宴聚会。

在他住所的过道里面，时常响起令他很不满意的教徒的咒骂声。他经常把街上的一些妓女带到住所里或是派自己的内勤兵把她们找来。他十分嗜好赌博，大伙儿都察觉到他在打牌时非常不守规矩，可没人去戳穿他在教袍大衣袖里藏了一张“爱司”的事实。军官们骂他为“圣洁的神父”。

他布道以前从来不做准备，跟曾经在拘留所布道的前任神父完全相反。前任神父固执地认为，通过神坛布道可以让关在拘留所里的士兵们有所悔过重新做人。这位恪尽职守的神父虔诚地转动着眼珠，向囚犯们解释诸如必须改革有关娼妓问题的法律，必须要改善和加强对未婚母亲的关怀的道理，以及如何教育私生子问题。可他的布道脱离现实，听众们觉得索然无味。

与之不同的是，拘留所里的人们都盼着听奥托·卡茨军营神父的布道。

这一刻实在是太奇妙了，十六号牢房的被拘者们只穿着裤衩走进教堂时。只能让他们穿着裤衩，否则如果穿了长裤就意味着他们当中可能有人中途逃跑。这二十个穿着裤衩的纯洁天使们被安排在离讲坛很近的地方。有几个人走动着，同时嘴里叼着在路上捡来的香烟头，因为他们的裤衩没有衣兜，只有这样叼着。

在他们周围，站满了拘留所里的其他囚犯。这些囚犯都非常高兴地看着站在讲坛下面这二十名穿着裤衩的囚犯。军营神父登上了讲坛，他脚后跟的马扎儿铿然作响。

“立正!”他大声地喊着口令，“让我们来祈祷！你们随着我念。喂，站在后排的那个，你，这只野猪，别用你的脏手擤鼻涕。要知道你现在是在主的神殿里，如果再这样我就找人把你关起来。你们这一帮赖皮，但愿你们没有忘记《我们的父亲》的主祷文？好，让我们一起来试试看……喏，我知道你们一定念不好。你们才不会管什么《我们的父亲》的！你们只需要来两片肉和一盘扁豆沙拉，吃得饱饱的然后捧着肚子往草垫上一躺，抠抠鼻孔就非常满意了，根本没把天父放在心上，难道你们不是这样做的吗？"

他从讲坛上向下看了看这二十位穿裤衩的纯洁天使，和在场其余的人一样快乐。而站在后排的人正在玩"相互猛弹臀部"的游戏。

"这确实很不错，挺有意思的！"帅克小声跟身边的一个人说，这人是一个嫌疑犯，听说他一斧子将朋友的一只手的指头全部剁下来。就是为了让他的朋友离开军队，然后可以得到三克朗。

"你等着看吧，后面更有趣呢！"那个人答复说，"他今天喝得不少，马上就要啰唆起罪恶的荆棘之路了。"

果不其然，军营神父今天的兴致特别高。他总是不由自主地往讲坛一边靠，险些失去平衡而跌下来。

"唱只什么歌？小伙子们！"他朝下面大声喊道，"不如，我教你们唱一首新歌？好，你们跟着我来唱吧。"

我有个心上人，
她是我的至爱，
哪止我一人追她呀，
她的情人有千千万，
我的这个心上人呀，
就是那圣母玛利亚。

"我认为你们这辈子也学不会，你们这一群人渣，"神父接着说道，"所以我主张把你们统统毙了。都听清楚我的话了吗？我可以在这个神圣的地方断言：你们这一群废物，上帝并不畏惧你们，他有方法惩治你们。你们全部得变成大笨瓜，因为你们不愿意亲近基督，心甘情愿地走那罪恶的荆棘之路。"

"我刚刚说过他快要发作了吧，看，有兴趣了不是！"帅克旁边那人很得意地对帅克说。

"那条罪恶的荆棘之路，就是跟那罪恶相搏斗的路。你们这群愚蠢的废物，你们他妈的都是一些浪子，你们宁愿在单身牢房里鬼混日子，也不愿意回到天父身边。可是只要你们抬头往远处、往高处看，看一看高高在上的苍天，你们便能够战胜罪恶，你们的灵魂便会得到安宁，你们这一群下流的东西！喂，站在后排的那个人不准再打呼噜！你又不是马，也不是被关在了马厩里，这可是我们天父的圣神殿堂呀。我得警告你们，我亲爱的人儿啊。好了！我刚才说到哪里了？对，灵魂便会得到安宁，记住！你们这一群畜生，你们都是人，你们应该透过朦胧的乌云去看属于你们的未来，你们要明白，世上的万物都是过眼烟云，只有神圣的上帝是永世长存。难道不是这样的吗？当然！我其实应该日日夜夜地为你们祈祷，请求仁慈的上帝，请求他把他的灵魂灌穿到你们冰冷的心中，用他那圣洁的慈爱洗净你们的罪恶的灵魂，使你们永远都属于他；祈求他永远地爱你们，你们这一群恶徒。但是你们想错了！我并没有想把你们带到天堂的意思。”说到这里，神父打了一个嗝，“我没有那个意思！”他又固执地重复了一句道，“我永远都不会给你们任何帮助的。我就算是做梦都不会理你们的事，因为你们都是不能自拔的恶棍歹徒，在你们生命的过程当中，天主的恩典根本就无法引导你们，连上帝的爱也没有办法感召你们，因为我们那至圣的天父绝对不会想要去拯救你们这些歹徒。你们听到了没有？喂，就是你们这些坐在下面穿着裤衩的。”

这二十名穿裤衩的人仰起了头，不约而同地回答道：

“报告神父先生，听见了。”

“光是听见了还不够，”神父又接着讲道，“生命的道路是坎坷不平的，上帝的笑容永远不能化解你们的愁苦，你们这一群愚笨的贱货！因为我们上帝的赐予也是有限的。坐在后排的那头蠢驴，你别再咳嗽了好不好？否则我要把你关起来。你们这些站在下面的人，别以为现在是逛商店。上帝的仁慈和恩赐也是有限的。他恩赐于正派人，绝对不给予人间的败类。这个社会是不能够用法律和军事条令来将你们这些败类改变过来的。这就是我要跟你们说的。你们连一个祷告都不会做，你们想上教堂就是为了来寻快乐，认为这里是个戏园或电影院对吧？我要将你们这些想法全部从脑子里赶出去，不要以为我到这儿来是给你们消遣解闷、让你们找乐的。我要把你们全部都关到单身牢房里去！我说到做到，你们这群败类！你们是在消耗我的时间，我知道我所作的努力毫无效果，实际上，就算是大元帅或者大主教来，你们也同样难改恶习，你们是不会亲近上帝的，可总有一天你们会感激我，你们会知道我是为了你们好，是想帮你们。”

在二十名穿裤衩的人当中，忽然响起了一声哭啼，那是帅克，他哭了。

神父放眼一看，帅克正站在那儿用拳头擦着眼睛。旁边的人都很惊奇地欣赏着。

神父指着帅克接着说道：

“你们大家都要学习这个人，他现在在做什么呢？在哭泣！不要哭，我跟你说，不要哭了！你想要改过自新吧？小伙子，这对你来说可是件难事儿啊！你现在痛哭流涕，可是一回到那间小屋里，你依然是一个浑蛋，所以你要多想想上帝那无穷的恩惠和仁慈，多动脑子想一想，让你那罪恶的灵魂在世上能早日回归正道。今天我们亲眼看到一个感动得痛哭流涕的人，他要把他的邪心回归正途。那么其他的人呢？你们又想要做什么呢？还是依然什么也不做？那里还有个人在嚼着，好像是反刍动物的爹妈把他养大似的。那里还有一个在衬衣里捉虱子的，并且是在主的神殿里。你们回牢房里面再捉，禁止做祈祷的时候来做这种事。监狱长先生，你好像一直抱着事不关己的态度，一直都不闻不问。要知道，你们全都是军人，并不是什么混账老百姓。既然在教堂里面，就要像个军人的样子，真是他妈的一群浑蛋，你们都给我精神一点儿，跟随着上帝，别的事情离开这里以后再做。你们这一群流氓，我让你们做祈祷时放老实些不要再像上次后排的一个人那样，拿着公家发的内衣去换面包在做祈祷的时候拼命地下咽。”

神父走下讲坛后就进入了圣器室，拘留所监狱长跟随在他的后面。不一会儿，监狱长就出来了，他直接走向帅克，将他从二十名穿裤衩的人中间带出来，领入了圣器室。

神父随意地坐在桌子上面，一根烟在他的手里卷着。

看到帅克进来神父便说：

“好，我需要找的就是你。我考虑了半天，我认为我明白你的内心，知道吗？小伙子，自从我到教堂以来，你不是第一个听我布道时流下眼泪的人了。”

他从桌子上跳下来拍了拍帅克的肩膀。他在一幅巨大而模糊的弗兰西斯·萨尔斯基头像下喊道：

“你说，你这个浑蛋，刚刚你是不是在开玩笑才哭的？”

此时，好像弗兰西斯·萨尔斯基的画像也带着疑问的神情凝视着帅克。另一幅画像上的追崇者神情淡然而平静似乎从另一个方位害怕地望着帅克。而追崇者的胯部还留着被罗马兵中的无名小卒锯过的痕迹。由于并没有表现出追崇者所应显示的光辉，因此样子显得那么惊慌失措，仿佛在说：“我肯定不会干出此事？那么各位先生，你们到底要拿我怎么办呢？”

“报告神父先生，”帅克很严肃地说道，他决定孤注一掷，“我在万能的上帝与您——尊敬的父亲面前坦白忏悔。您——一位站在天父国土上的庄重的父亲，我刚刚的确是为开个玩笑而哭的。我认为您布道时确实缺少一个改过自新的罪人，可这个罪人又是您在传教时努力却没找到的。因此，我想要帮您，让您感觉到世上还有几个诚实的人存在。而同时我也可以自娱自乐。”

神父将帅克天真无邪的模样认真审视了一番。一道阳光从弗兰西斯·萨尔斯基阴沉沉的画像上掠过，也给对面墙上那位心神不定的追崇者的脸上添上了一股温暖的气息。

“这样一说，我开始有点喜欢起你了。”神父说着，重新坐到了桌子上，“你在哪个团？”他打起了嗝来。

“报告神父先生，我算是九十一团而又不是九十一团的，我本来也不知道这究竟是怎么回事。”

“你怎么出现在这个地方？”神父问道，依然打着嗝。

这时教堂里传来了管风琴的乐器声，演奏者是一位因为偷跑而被禁闭起来的教师，他在演奏极其伤感的宗教乐曲。可是神父的嗝声比琴声还要高出半个音。

“报告神父先生，我承认，我怎么会来到这儿，我对此并不介意。只是感觉自己命运不好，我什么事都往好处想，可结果却总是相反，就像是那幅挂像上的追崇者。”

神父扫了一眼那幅挂像，笑了一下说道：

“你真的引起了我很大的兴趣。可是我还得到有关人士那儿去了解一下你的案情。行了，我没时间和你说了。我还要把这场祈祷搞完。归队！解散！”

帅克回到讲坛底下那群穿裤衩的朋友当中以后，他们开始问他神父为什么只让他一个人到圣器室，他却特别干脆利落地回答说：

“他喝醉了。”

大家都认真地用毫不掩饰的赞赏之情，看着军营神父新的表演——他所主持的祈祷。其中一位竟然以自己的那份面包同对方答应的两记耳光在讲坛下面打赌说，军营神父手里的圣饼盘子肯定会掉下来。最后他赌赢了。

人们在教堂里面认真地望着军营神父所主持的祈祷，但是这并不代表信徒们抱有神秘主义或真正的天主教徒们所怀有的那份虔诚之心。这个场景就像是在剧院里观赏一出情节曲折而又不了解剧情的戏，非常焦急地想弄清楚它的结局一样。这位军营神父先生用很大的忘我精神在讲坛上给人们表演着，大家尽情地享受这场表演。

到场的听众们怀着审美情趣观赏着神父反穿着的教袍，并专心注视着他在讲坛上的一举一动。

一名火红色头发的助理——一个教会的逃兵、同时也是二十八团的偷盗专家，他正努力地从脑袋里挖掘祈祷全套手续、技巧和经文。他不仅仅是军营神父的助理，而且在必要时还要提醒神父。因为军营神父已经开始头脑混乱，大量的经文都念不成文。他用耶稣降临节的晨祷词替换平时的祈祷曲，对着听众高声唱了起来，大家笑得东倒西歪。

军营神父既没有嗓音，又缺少乐感。他一张口，教堂的拱顶下便开始响起一阵粗一阵细的嚎叫，和猪圈里发出来的声音简直一样。

“他今天喝的可真不少！”靠讲坛站着的人们心满意足地说道，“看他那醉如烂泥的模样，肯定是又在哪个女人家里灌的。”

神父在讲坛上第三次说起“祈祷完毕，请走！”声势浩荡，那个声音就像印第安人在战场上的大喊，窗户都被震得不停地响。

紧接着，军营神父看了一眼圣杯，确认里面的酒喝得一滴不剩，然后做出一个不耐烦的手势，对着听众说：

“都结束了，浑蛋们，你们都赶紧滚吧。我早就已经看明白了，你们这群流氓在教堂里、在至圣的天主的面前，并没有表现出应该有的虔诚。你们在至高无上的主的面前不知廉耻地大声说笑、咳嗽和大叫，甚至在我这位代表着圣母玛利亚、耶稣基督和天父的人面前将脚碰得吱吱作响。你们这帮浑蛋！以后还是这样，我就要给你们应得的惩罚，让你们有苦也说不出来。我要让你们知道，这世上不仅存在着我不久前讲的天国地狱还有一座人间地狱。你们虽然逃得过前一座地狱，后面却还有地狱在等着你们！解散！”

自我感觉出色的表演结束之后，军营神父便走到圣器室更换新衣，把荆条筐的酒瓶里的圣酒倒进葡萄酒杯里全部喝了下去，随后由火红色头发的助理将他扶上拴在院子里的马上。但是他突然想起了帅克，就下了马，走到军事法检查官贝尔尼斯的办公室。

军事法检查官贝尔尼斯是一位涉交广泛、充满魅力的伴舞行家，也是一位道德败坏的家伙。他厌恶自己的工作，喜欢在纪念册上写几句德文诗。而他的诗句信手拈来，一惯是如此的自信。他也是军法处里最重要的人物。大量的讯问笔录和乱七八糟的起诉书全汇集在他这里，所以他受到赫拉尼昌军事法庭所有同仁的尊敬。他常常把记载着起诉细节的公文弄丢，因此他只能另外胡编乱造，他又时常搞错人名，有的时候几乎丢失了讼诉案情的线索，唯一办法只有随便杜撰一些。他把逃兵当作盗窃犯来审，将盗窃犯当作逃兵来判刑。竟然无凭无据伪造政治案件，给人编造一些人们肯定想不到的罪名，或者虚构侮辱陛下的罪名，还编造起诉书，他常常把这些罪名和证据胡乱安在一些人的头上，因为这些人被控的原件早就已经在杂乱无章的档案中丢失了。

“您好，最近生活怎么样？”军营神父朝他伸出一只手说。

“还行，”检查官贝尔尼斯回答道，“他们将我的档案弄得乱七八糟，现在只有鬼才能搞明白层次顺序。昨天有一个被指控为造反分子的材料被我整理得好好的送了上去，却被退了回来，说这不是个叛乱案，只不过是个偷军需食物的盗窃犯。除此以外，我还送上去了一份，看他们还会有什么理由退回来，天知道。”

检查官啐了一口唾沫。

“您还是总去赌博吗?”军营神父问道。

“我的一切都输在牌上。前不久我们跟一个光头上校玩扑克，我输得一无所有。不过我却认识了一个小丫头。您最近怎么样呢，神父先生?”

“我现今需要一个内勤兵，”军营神父说，“从前我有一个文化底蕴极低的老会计，可以说他是天下第一大大蠢猪，整天就只会哼哼唧唧地做祷告，愿主保佑他。所以我就派他和先遣营一起去了前线，现在听说这个营已被打得落花流水。后来找来了一个什么事都不干的家伙，只会蹲在酒馆里喝酒，竟然还记在我的账上，这个浑蛋懒得让人无法忍受。我没有办法只有把他也打发到先遣营去。今天我在布道的时候看到了一个奇怪家伙，他为了使我快乐，居然嚎啕大哭了起来。我倒需要这样的一个家伙，他叫帅克，被关在十六号牢房。我想了解他的罪名，找办法能够把他弄出来。”

检查官在抽屉中找着关于帅克的公文，像平时一样依然没有找到答案。

“一定是在林哈德大尉那里，”他找了好一会儿才说道，“天知道，我的那些档案都放在哪儿呢。我保证它们被交给林哈德了。我现在给他打电话……喂，我是检查官贝尔尼斯上尉。大尉先生，请问，您那里有没有一份叫帅克的公文?……什么?在我这里?那就奇怪了……我从您那里拿去的?真是奇怪……他是十六号牢房的……好的，我知道，大尉先生，是，十六号牢房是归我管。可是我想，帅克的犯罪档案可能在您的办公室呢……怎么?我不该这么对您讲话?东西不会在您的办公室里面?喂!喂!”

检查官贝尔尼斯坐在桌旁，面对审讯档案管理上的混乱情景十分不高兴。他和林哈德大尉之间本来就有些矛盾，并且互不让步。如果属林哈德管的案卷落到贝尔尼斯手里，贝尔尼斯就一定将它顺手扔到一个没人能找到的地方；林哈德也用一样的手段回敬贝尔尼斯的案卷，他们彼此故意把案卷里的一些附件弄丢来刁难对方。

直到时局转变以后，帅克的案卷才从军事法庭档案室被找了出来，上面的批注为：该犯想要撕开假面具，公然站出来反对我们的国王，并且反对我们的国家。帅克的案卷被乱放在了一个名叫约瑟夫·科乌德拉的案卷夹里，封套的外头画上了一个很大的十字架，下面标着“已办”字样并注明了日期。

“这样说来，帅克案卷真的不在我这，”检官贝尔尼斯说，“我现在叫人把他带来，如果他什么也招不出来，便释放他，找人送他到您那里，剩下的手续您自己到团部去办吧。”

军营神父离开以后，贝尔尼斯命令把帅克带来在门口等他。因为他这时刚好接到警察总署的电话，是谈论关于步兵曼克辛纳尔的七二六七号起诉书所需材料的事，办公厅一科已经收到了，是由林哈德大尉签收的。

帅克趁机观察了一下检查官的办公室。

他觉得这间办公室环境并不好，特别是墙上的那些照片。这全部都是表现部队在加里西亚和塞尔维亚执行各种死刑的照片。这所谓的美术照，或者是被烧毁的茅屋，或者就是树干上面吊着死人的大树，有一幅非常精致的照片是在塞尔维亚拍摄的，那是一幅全家被绞死的情景：一个小男孩与他的父母被吊死，而两名拿着刺刀的士兵看着那棵吊着死人的大树，前面站了一位十分神气的军官，他的嘴里叼着烟卷，在照片的另一角，靠后边的地方，还能够看见一个炊事员正在做饭。

“帅克，你是什么问题？”检查官贝尔尼斯问道，顺手把电话记录单塞进案卷里，“你犯了什么错误？是要自首还是等着被揭发？我们不能一直这样等下去呀，别认为你现在是站在由愚蠢的文官进行审判的法庭面前。我们这里是军事法庭，是‘皇家王室军事法庭’，你如果不想得到一个严厉的、公正的判决，那么你仅有的出路就是如实招供。”

检查官贝尔尼斯在无被告材料的情况下，常常会使出这一绝招。事实上这一招并没有什么了不起，我们也没必要因为这个感到惊讶，因为这种审讯总是无果而终的。

但是贝尔尼斯总是自以为是，在既没有报告材料，又不清楚他犯的什么罪或者为何被关在拘留所里的情况下，他只需要观察犯人的一举一动以及面部表情就能知道被关的大致原因。

他对一些人的洞察力与理解力几乎达到了高深莫测的地步，甚至能够将一个盗窃犯审判为政治犯。有一个吉卜赛人因为偷了几打内衣而被关进了拘留所，贝尔尼斯却判处他犯了政治罪行，并坚持说这个人在一个小酒店里鼓动一些士兵组建以斯拉夫人的国王为首、由捷克和斯洛伐克王室的国土组成的一个独立的民族国家。

“我们这里有明确的证据，”他对不幸的吉卜赛人说道，“老实交代是你唯一的出路，你是在哪一个酒店里讲的，哪个团的士兵是你的听众，这件事在什么时候发生的。”

倒霉的吉卜赛人就只好胡乱编造日期、酒店名称和臆想出来的士兵的团队番号。审完以后，他就从拘留所逃跑了。

“你是不是不想老实交代呀？”贝尔尼斯说，此时的帅克一言不发，犹如一座坟墓，“你到底是犯了什么罪被判刑到这里来的？至少你应该告诉我这些，不要等我来揭发你呀！我再劝你一次，老实交代对你有益，我们解决起来也省点儿力气，并且对你的判罚也会从轻发落。在这一点上我们这儿同民事法庭是等同的。”

“报告长官，”帅克那善良的声音响了起来，“我觉得我是一个被关在了拘留所里的流浪者。”

“这话怎么说？”

“报告长官，我可以用一个普通的例子来讲明白这一点。有个人住在我家那条街上，他有一个无罪的两岁小男孩，这个小男孩从维诺堡走到了利布尼，警察在发现他的时候他正在人行道上坐着，于是将他送到了警察署，然后他们就把他关起来。您认为，这个小男孩有什么罪呢？可是他竟然被关了起来。如果他会说话，他也不知道该怎么回答如何被关在这里。我就是这种情况，也是一个被捡来的孩子。”

拘留官用锐利的眼睛把帅克从头到脚打量了一番，真搞不懂他。站在他面前的这个人身上透着一股潇洒和天真无邪的傻气，弄得贝尔尼斯气冲冲地在办公室里来回走。假如他没有答应把帅克交给神父，真不知帅克将会有个什么样的结果。

突然拘留官在桌旁停住。

“你给我听着，”他对面部带着漠然表情的帅克说，“下次再让我看到你，肯定要狠狠地教训你……把他带下去！”

帅克再一次被带回十六号牢房。贝尔尼斯派人找监狱长斯拉维克来。

“我们决定了，”他简单地说，“把帅克交给卡茨神父先生处理。把他的释放证填好，派两个人将他送到军营神父那里去。”

“上尉先生，途中需要给他戴手铐和脚镣吗？”

拘留官用拳头在桌子上面砸了一下。

“混账！我不是已经明确地告诉过你将他的释放证件写好吗？”

今天贝尔尼斯检查官与斯林哈德大尉、帅克谈话所积下的怨气，一下子就像瀑布般发泄到监狱长头上了。他最后说道：

“你现在应该知道你是一头戴着王冠的笨蛋了吧！”这位监狱长在检查官那里出来以后，伸脚去踢正在被罚打扫过道的囚犯来撒气。

至于帅克，监狱长希望他在拘留所里至少再多待上一个晚上，额外享受一些什么。

在拘留所里度过的黑夜确实令人难忘。

在十六号牢房的隔壁，是一个“单号子”——一个一点儿亮光都没有的秘窟。那一天晚上，听到里面关着的一个士兵由于犯了所谓的军规，被谢帕打断了肋骨而大哭大嚎。

嚎啕消失后，从十六号牢房里传出了掐虱子的声音，这些虱子就在囚犯两个手指的指甲上逐个死去。

牢门上方的墙洞里装着一盏由铁丝罩守护起来的煤油灯，灯光很昏暗，被黑烟笼罩着。煤油味掺杂着经常不能够洗澡的人发出的汗味和马桶的粪便臭味。马桶每次用过以后，就掀起一股新的让人作呕的臭气传遍十六号牢房。

糟糕至极的伙食使所有的囚犯患了消化不良症，特别是他们还得挨着平静的夜晚吹进来的冷风。人们只好以互相逗乐来打发难熬的日子。

过道里可以听到哨兵们整齐的脚步声，牢门上的洞眼不时地被打开，看守可以从这儿向里面探望。

中间的一张床上响起了微弱的说话声：

“在我计划越狱逃跑被关到你们这里之前，刚开始被关在十二号牢房。关在那里的人的罪行大多都较轻。一次带来了一个乡下人，那个可爱的人被关了十四天，理由是他留了几个士兵在他家过夜。开始认为他是在搞政治阴谋，后来知道了他仅是想要赚几个小钱。他本来应该和那些罪行最轻的人关在一起，因为那儿人住满了，所以他就和我们关在了一起，他从家里捎来许多东西。于是他被允许独自吃饭，这样能够吃得好一点儿，还被许可抽烟，他有两块火腿和一大块烤面包，还有鸡蛋、黄油和香烟……哼！总之，别人想要的东西他都有。他把这些东西分别放在两个背包里，一直都带在身上。嗯，这家伙最怕别人吃他的东西，既然他不愿意同大家共同享用，不能像别人那样得到食物时有福同享，那我们也只有祈求他。可他小气得无论如何也不肯分一点儿给大家，并且说他要在这儿呆上十四天，这里发的那点儿卷心菜和烤土豆会弄坏他的肠胃。他说可以把发给他的那一份面包和饭菜给我们，随便我们去分着吃或轮着吃。我们告诉他，我们并不在乎他那份饭。我们忍了一天、两天、三天。这小子在我们面前大口大口地吃他的火腿，又拿黄油抹面包，剥鸡蛋，说真的，日子过得真的很好。他还抽香烟，可一口也不舍得给别人抽，以让看守发现他给我们抽了一口烟，他就要倒霉为借口。我跟你说，他这个人也很有趣，就是他宁愿憋到第二天放风时到院子里的毛坑里去拉，也不在那只马桶上方便。他娇气得甚至手纸也是从家里带来。嗐，我竟然忘了告诉你们，他每天早上、中午和晚上吃饭以前，都要做一次祷告。我们忍到第四天夜里就再也无法忍受了，那天早上他做完祷告，便到他的床板下去拿那两个背包，背包还在那里，可是已经瘪瘪的。他大声喊道：'我被盗了，只给我留下了手纸。'他认真思考了五分钟，对我们说：'你们肯定是在同我开玩笑，你们把东西藏到什么地方了？'然后又硬撑着笑脸说：'我知道，你们是在开玩笑，我知道你们会把东西还给我的。你们做得真够漂亮呀！'我们中那个利布尼人给他出了个主意：'嘿，这样吧，你拿一条毯子蒙住整个脑袋，数到十，然后再去检查一下自己的背包。'他真的像一个乖巧听话的孩子似的用毯子蒙起头来，在那儿数着'一、二、三、四……'利布尼人又说了：'不能数太快，要稍微慢一点。'他只好又在毯子里面慢慢地数着，数一下等半天：'一——二——三……'他数到了十，就从毯子下钻出来看他的背包。'我的天哪，'他开始大喊了起来，'怎么依旧是两个空的呀？'你看他绝对是一个笨蛋，我们都被逗得哈哈大笑。利布尼人又说道：'你再试着数一次吧？'不管你信不信，那个傻子再次数了一遍，等他看到那儿依然除了手纸之外什么都没有时，他就开始拍打牢门嚷道：‘我的东西被他们偷走了，他们将我的东西偷走了，快帮帮我呀！开门哪！我的天，开门哪！’所有的巡逻哨兵闻声赶来，而且把监狱长和谢帕军士也叫来了。可我们都说：‘他发疯了，从昨天一直吃到了深夜，把所有的东西都全吃光了。’他一边哭一边没完没了地说：‘既使吃了也该有些残渣碎片留下来呀？’因此就帮他找那些残渣碎片，可什么也没有找到，因为我们是什么样的人呀，机灵得很呢：我们把吃剩下的东西用一根线绳拴着送到三楼去了。那个傻子还在不停喊叫：‘总该留点儿残渣碎片的痕迹吧！’他整整一天都没吃东西，一直盯着看是否有人吃东西或抽香烟。到了第二天开午饭的时候，他依然不愿意吃发下来的份饭，可是到了晚上，那些烤土豆和卷心菜他也想吃了，但不像原来吃火腿和鸡蛋时那样先做祷告。后来，直到我们中有一个人从外边弄到了最廉价的烟草时他才第一次开始和我们讲话，他求我们给他抽一口，我们才不给他呢。”

“我还怕你们会给他抽一口呢，”帅克插话道，“如果这样你就把整个故事都讲没意思了。只有在小说里才有这样如此的高尚、大度，在拘留所里才不会这样做。”

然后又以应不应该给他一顿揍的问题，小声地讨论起来。最后是多数人认为可以。

这个故事渐渐结束了。他们各自搔着虱子最多的腋下、胸口和肚皮，慢慢熟睡过去了。为了不让煤油灯光晃到眼睛，他们用满是虱子的毯子蒙着脑袋进入了梦乡。

早上八点的时候，帅克被叫到了办公室里。

“在办公室大门的左边有一只痰盂，里面扔着许多烟头，”一位囚友对帅克说，“上到二楼你也许会碰到另一只痰盂。现在过去，你也许能够捡到，九点钟才打扫楼道。”

可是帅克再也没有回到十六号牢房里来。十九位穿裤衩的囚友开始胡乱地想象着帅克的各样结局。

一位满脸雀斑、想象力相当丰富的靶场的卫兵宣布说，帅克从前开枪打死了他的上尉先生，现在他会被押到摩托车演习场去枪毙。

第十章　帅克当了军营神父的勤务兵

在两名背着枪的士兵的光荣的押送下，帅克便开始了他的历险征程。他被送到了军营神父那里。

这两个押送兵正好互补短长，他们一高一矮，一瘦一胖；傻大个子瘸着右腿，而矮个子拐着左腿。他们在战前就已经被免除兵役了。

他们庄严地向前走，偶尔斜着眼轻蔑地瞅一瞅走在他们中间、见人就行礼的帅克。他的便服和他在应征时戴的那顶军帽，全部在拘留所的贮藏室里丢失了。在释放他以前，他们给了他一套旧军装，而军装的旧主人是一个大胖子，并且比帅克高出一个头。

裤腿肥得可以容下三个帅克，裤腰高到他的胸口，全身都是皱褶，袖筒上全是补丁，上衣满是油污，并且脏兮兮的。帅克穿着它摇来晃去，活像一个穿着长袍的稻草人。那条肥大的裤子使他看起来像马戏团的小丑，他们在拘留所中为他弄来的那顶大的不能再大的军帽盖住了他的耳朵，他的这身怪异的打扮引起了全街行人的好奇。

帅克也用自己那甜甜的微笑与温柔善良的目光回应街上行人的微笑。

他们就这样往神父住处——卡尔林走去。

又矮又胖的那个押送兵先和帅克交谈起来。此时他们刚好走在小城广场下面的拱廊里。

高个子也参加到交谈当中。这种现象很奇怪：凡是矮胖子，大多是些慈善心肠的乐观主义者，而瘦大个却恰恰相反，他们多数是怀疑主义者。

于是这位瘦高个儿对胖子说："如果有机会他一定会逃跑。"

"有这个必要吗？"矮胖子说，"从拘留所里出来不就已经等于到自由之乡了吗？而且我这儿还有一封公函呢。"

"到神父那里去带这公函做什么？"瘦傻大个儿问。

他们走过查理士大桥时保持了沉默。上了查理士大道，那个矮胖子又开口对帅克说道：

“你清楚我们押你到军营神父那里去的原因吗？”

“去忏悔，”帅克张口回答，“明天他们就要送我上绞刑架。一直都这样，人们把这个叫作刑前的精神安慰。”

“他们为什么要将你弄……”瘦傻大个谨慎地问道。而此时，那个胖子把怜悯的目光投向帅克。

这两个士兵以前都是有家的农村手艺人。

帅克回答说，他的脸上带着和蔼可亲的微笑，“我也不知道，或许是我命该如此吧！”

“这也许是生来就不幸运，”矮胖子以专家的口气同情地说道，“在我们耶塞纳村，在普鲁士战争时期，他们也这样绞死过一个人。他们来找他时，什么都没说，就在约瑟夫村把他吊死了。”

“我觉得，”瘦傻大个怀疑道，“肯定是有理由的，绝对不会没理由就被绞死了。”

“你该不会是个民族社会党分子吧？”此时矮胖子也开始小心谨慎了起来，同时参加问话，“这并不关我的事，”他说，“看，一定是这些刺刀惹的祸，旁边很多人都在看着咱们，咱们要不要在没人的地方把它们卸下来。你不会跑掉的吧？假如你跑了，我们可就完蛋了，你说对吧，托尼克？”他转过身对瘦傻大个说，瘦傻大个儿声音非常低地说：

“我们可以把刺刀卸下来，他也是咱们自己人啊。”

他不再疑神疑鬼，而是对帅克充满怜悯。于是，他们找了个方便的门洞并拨下刺刀来，矮胖子还答应了帅克走在他旁边。

“你想要抽支烟吗？”他说，“也不知道……”他本来是想说“也不知道他们让不让你在上绞架以前抽支烟的”，但是他没说，他觉得在当时的那种场合，这样说也许不合适。

他们三个人抽起了烟，押送帅克的人开始说起了他们在克拉洛夫·赫拉德茨地区的家庭、妻子、孩子、一小块土地和唯一的一头耕牛。

“我想喝水。”帅克说。

瘦傻大个儿和矮胖子相互看了一眼。

“我们去找个地方喝它一杯，”矮胖子认为瘦傻大个儿是会赞成的，“必须要找个没人注意到的地方。”

“这样的话就去‘蒙面人’酒馆吧，”帅克提议道，“你们的枪可以放在厨房里。塞拉波老板是雄鹰体育协会的成员，不用畏惧他。”

“那儿还有小提琴和手风琴的演奏，”帅克接着说道，“去那里的人，也就是妓女跟一些不肯去阔气、讲排场的地方的人，一点儿也不坏。”

瘦傻大个儿和矮胖子又互相看了一下。瘦傻大个儿说：“咱们就去那里吧，到卡尔林还远着呢！”

中途，帅克跟他们讲着各种趣事轶闻，也很兴奋地走进了“蒙面人”酒馆。他们一进门首先把枪支藏到厨房里，然后走进酒吧。那里的小提琴和手风琴正在表演着一支流行曲子：“在庞克拉茨的小山冈上，林荫道旁柳树成行……”

一个姑娘正坐在一个梳着光溜溜的小分头的年轻人的大腿上，那青年也许是因生活毫无规则而显得衰老憔悴。他用自己嘶哑的音调说着：“以前有位姑娘跟我订过婚，但是有人从我这儿把她抢走了。”

挨着门的地方有一个士兵坐在老百姓中间，正给他们讲他自己在塞尔维亚受伤的事情，他胳膊上面绑着绷带，口袋中装满了他们送的香烟。人群里，有一个没头发老头儿却没完没了地劝他喝：“您就放开喝吧，我们的战士，谁知道咱们什么时候有机会再聚啊，我叫他们给您表演点儿什么，您喜不喜欢《孩子成孤儿》曲呀？”而士兵却真的不可以继续喝了。

这曲子显然是秃头老头儿的最爱。没过多久，小提琴和手风琴便开始演奏那使人心酸的调子来。老头热泪盈眶，用发颤的声音唱道：“等他长大了，他便去问他妈妈，他便去问他妈妈……”

旁边那桌有人发话了：“喂，不要唱了，收起那调子，带着你们的孤儿一起走！”

对面那张桌子上有人偏与他对着干，大声唱道：“别了，唉，别了，我的心啊，已经碎了……”

那一伙人扯着脖子唱着《孩子成孤儿》曲，嗓子都唱嘶哑了。“佛朗达！”有人喊那个受伤的兵。“别和他们玩，快坐到我们这儿来吧！帮我们递点烟卷。跟我们玩会觉得很快乐的，傻小子！”

帅克和押送他的人对看到的这一切非常感兴趣。帅克想起战前他总是光顾这里时的情景，那个时候，德拉什尼尔警官经常到这儿来搜查，妓女们特别害怕他，所以创作了一首非常有意思的反意歌曲，有一回她们的合唱队还表演了这首歌：

德拉什尼尔先生在场时乱哄哄，

玛森娜呀唱得入醉乡。

哪怕他德拉什尼尔呀，

她仍是那样醉惺惺。

她们正唱着，德拉什尼尔带着自己一群人马进了酒店，他一脸凶煞毫不留情的表情。随后的状况很像围捕一群鹧鸪一样，帅克那次也被围在了当中。德拉什尼尔警官要查帅克的身份证，帅克却向德拉什尼尔提问说："这次行动经过警察总署准许了吗?"帅克还想起了一个诗人，这个诗人就坐在这块大镜子底下，在"蒙面人"那不变的歌声与琴声中写一些短小的诗歌，递给妓女们去朗读。

可是押送帅克的人却没有这样的回忆，对他们来说这都是特别好玩的事儿。但是他们已经开始喜欢上这里，首先认为这里可以寻找到乐趣的是矮胖子，因为像他这种人除了怀有乐观主义的精神外，大部分还信奉伊壁鸠鲁派的享乐主义；傻大个儿在思想上稍微犹豫迟疑了一会儿，他的怀疑情绪已经不存在了，那股严肃谨慎情绪也被抛到了脑后。

"我也去跳一场舞，"他在喝干第五杯啤酒时，发现一对对舞伴跳着波尔卡。

矮胖子已经完全陶醉在享乐中，他的旁边坐着一位谈吐粗俗的女子，矮胖子两眼放着光芒。

帅克喝着酒，傻大个儿跳完舞，就把舞伴带到桌旁。紧接着这两位押送兵开始又唱又跳，他们疯狂地喝着酒，而且还轻轻地乱拍乱打着自己的舞伴。在这一片爱情廉价、烟雾弥漫与酒气熏天的气氛当中，他们全部沉浸在一句古老的口语"在我们身后，任随洪水去泛滥"所描述的景色里了。

下午，有一个士兵走过来说，只花五克朗他就能够让他们的血管中毒。他随身便带着注射器，将灯油打到他们的腿上或手上，这可以让他们至少躺两个月。如果他们在伤口上一直地涂唾沫，还可以躺六个月，这样或许就能完全免除兵役。

傻大个儿已经完全失去了平衡，丧失了理智，居然让那士兵到厕所里去给他腿上注射一针灯油。

天开始变暗的时候，帅克提议还是赶快到军营神父处。那个矮胖子这时开始有些不想离开，劝帅克再待一阵儿。那傻大个儿高兴地赞成，认为可以让神父等一等。但是帅克对“蒙面人”酒馆早已没太大兴趣，他威胁着说：“如果你们还不走，我可要先走。”

这样他们才同意动身，但是帅克不得不允许他们再在路上找个地方休息。

出了门以后，由于他们的腿已经不听使唤，不断地趺跤，嘴里还不停地说着要找个地方再高兴地玩玩，帅克只有搀着他俩的胳膊走，这一路走来帅克累坏了。矮胖子差点把那封致神父的公函给弄丢了，帅克只好自己拿在手中。

每次对面过来一个什么军官或者带有官衔的人，帅克总得先告诉他们让他们注意。帅克耗尽浑身力气，终于将他们送到国王街军营神父的住处，还得亲自帮他们把刺刀插到枪上，偶尔还用力捅捅他们的肋骨，使他们可以好好地押着他，而不是他押着他们。

二楼的一扇门上面贴着一张名片：“军营神父奥托·卡茨”。一个士兵为他们开了门，直接就能听到里面杂乱的人声和杯瓶的碰撞声。

“我们——报告——军营——神父先生——”傻大个儿吃力地用德语说，一边向那个开门的士兵敬礼道，“我们——带来——一份函件——和——一个人。”

“进来吧，”那士兵说，“你们在哪儿喝得这么烂醉？军营神父先生他也……”那士兵啐了一口唾沫。

士兵拿着函件走掉了，并让他们在前厅等着，过了好久门才打开。军营神父不是从里面走出来，而是飞奔了出来。他只穿了一件马甲，手上夹着一支雪茄。

“哦，你到这儿一段时间了！”他对帅克说，“是他们带你来的吗？喂……你带火柴没有？”

“报告军营神父先生，我没有带。”

“嘻，你为什么会没有带火柴呢？每一个士兵都应该随身带着火柴的，好方便点个烟，不带火柴出来的士兵，就是……就什么来着？”

“报告神父大人，就是一个没有带火柴的人。”帅克答应说。

“很好，就是一个没有带火柴的人，就不能够给人点个火抽个烟的，这是其一。接下来再说说你的脚臭吗？帅克。”

“报告神父大人，不臭。”

“第二项就这样了。接下来再说第三：俄国酒你喝吗？”

“报告神父大人，我不喝白酒的，我只喝罗姆酒。”

“那太好了！你看一看那个大兵，他是我今天从费尔德胡贝尔上尉那里借来使唤的，从前是费尔德胡贝尔的内勤兵。这个家伙一点酒也不喝，是一个戒——戒——戒酒主义者，这样的人应该去先遣队。因——因为我不要像他这样的人。他不是个内勤兵，而是一头母牛，一头只会喝白水的母牛，就像一头阉牛那样哞哞地叫。”

“你是一个戒酒主义者，”他回过头去对那位士兵这样说，“你也不——不害臊儿，蠢猪、笨蛋，你真是该挨两耳光。”

此时军营神父将注意力转到两个押送帅克的人身上。那两个士兵正努力着站直，可脚下总是晃悠悠的，想依靠枪支撑着也不行。

“你——你们喝醉——醉了，”军营神父说，“办公事时喝醉了，那必须叫人把你们关——关起来。帅克，你把他们两个人的枪卸掉，把他们带到厨房去，并将他们看管起来，一直到巡逻队过来把他们带走。我现在打电——电话到兵营里去。”

就这样，拿破仑的那一句名言“战局瞬息万变”，在这里被证实了。

当天早上，这两个人还拿着上了刺刀的枪去押送帅克，以防他半路逃跑，然后是帅克带着他们走，到了最后，帅克却拿枪将他们两个看管起来了。

开始的时候，他们还没有感觉到这个变化，直到他们坐到厨房里，当帅克拿着上了刺刀的枪站在门口的时候，他们才知道事情发生了如此大的变化。

“唉，我还想喝点什么呢。”乐观主义的矮胖子叹一口气说。而那个傻大个儿又犯起了疑心病。他说，这是一个卑鄙无耻的出卖，他还大声责怪帅克，怪他让他们落到了现在这样的下场。他觉得帅克非常会装傻，跟他们说他明天要上绞架，可现在却发现什么忏悔、绞架了，根本就没那回事，都是开玩笑的。

帅克没有说话，他在门口来回走着。

“我考虑着呢！”傻大个儿大声道。

帅克听完全部的责怪以后，终于说道：

“现在你们应该清楚一点儿了，军事工作并不是什么好事。我是在尽自己的职责，否则我和你们一样会落到如此下场，可现在就像俗话所说：‘幸运女神正在向我微笑。’”

“我真想喝点什么呢？”乐观主义者绝望地接着说道。

傻大个儿站起来，不利索地走向门边。“你把我们送回家吧，”他对帅克说，“嗐，别瞎闹了！”

“不行！”帅克答道，“我必须看管着你们，现在我并不认识你们。”

军营神父忽然在门口出现，“我——我怎么也打不通兵营的电话，你们还是回去吧！可是要记——记住，工作的时候可不许——许再喝——酒。”

为了证实事实，我们应该补充一点：其实他并没打电话给兵营，因为他那根本就没有电话，他只是对着灯柱说了几句。

已经做了军营神父奥托·卡茨的内勤兵足足三天，在这段时间里，帅克只见过军营神父一次。第三天的时候，一个海尔米赫上尉的内勤兵让帅克去接军营神父。

路上，那个内勤兵告诉帅克，军营神父跟上尉闹了冲突，此时醉得昏倒了，无论如何也不肯回家。

海尔米赫上尉也醉了，将军营神父赶到过道里，军营神父就靠着门边睡着了。

帅克到达以后，便叫醒军营神父。军营神父发了几句牢骚，而当他醒来时，帅克向他敬了个军礼。

帅克扶起军营神父，搀扶他靠着墙。军营神父站都站不稳，紧紧地靠着他说：“我快要摔倒了！”

“我快要摔倒了！”他又重复了一遍，接着一阵傻笑。帅克努力将军营神父抵着墙扶了起来，军营神父就在这样的新姿态下又睡着了。

帅克把他叫醒了。“你干什么呀?”军营神父嚷着，努力并打算蹭着墙根坐到地上，可是一点儿用也没有，“你究竟是谁啊?”

“报告，”帅克回答道，同时将军营神父扶回墙边站着，“我就是您的内勤兵，军营神父先生。”

“我并没有内勤兵，”军营神父吃力地说，想要再一次倒在帅克的身上，“我也不是什么军营神父。”

只有醉鬼才会说真话，“你松手吧，我并不认识你，先生。”

两个人撕扯了一段时间，最终还是没有扯赢帅克。他顺势把军营神父拉到楼下的门厅，军营神父警告帅克别在街上拽他。“先生，我并不认识您，”他一边跟帅克撕扯，一边说道，“您知道奥托·卡茨吗?那就是我。”

“我曾经去过大主教的官邸，”他大声嚷着并靠住门框，“梵蒂冈也很看重我的，您知道了吗?”

现在帅克也不说“报告”了，说话也生硬起来。

“我告诉你，你赶快放开手，不然的话，我就狠狠地扁你一顿。现在我们就回家去了，不要说话了。”

军营神父把门放开了，可是又抓住帅克。“我们现在到什么地方去逛逛吧。但是千万别到‘舒希’妓院去，我欠了他们的钱。”

帅克推拽并用力地把他拉出了门厅，顺着人行道往家拽。

“这个人是你的什么人呀?”街上看热闹人问道。

“是我的哥哥，”帅克答道，“他放假过来看我，一开心就喝多了些，因为他之前以为我已经死了。”

军营神父唱着一支鬼才能听得懂的轻歌剧曲调，当他听见帅克刚刚讲的最后几个字时，便挺直了身子向围观的人说：“假如你们当中有人死了，在三日之内向军团指挥部报告，我可以为你们的尸体祈福。”

接下来军营神父又不出声了，总是想栽倒在人行道上，帅克搀住了他往回拽。

他向前伸着脑袋，两只脚却拖在了后面，就像是一只折了腰的猪在那儿晃悠，嘴里还念叨着：“愿主和你们同在，也与你们的心灵同在，希望主与你们同在。”

到了租马车的地方，帅克搀着军营神父挨着墙坐下，然后同马车夫们讨价还价。

其中一个马车夫声明：“我认识这位先生，已经送过一回了，可不想再送第二回了。”

“他吐了我一车，而且还不给车钱，我赶了两个多小时的车才找到了他的住处，我去找过他三回，整整一个星期，才付给我五克朗。”

费了好大一会儿的口舌，其中一个马车夫才同意拉他们。

帅克转过身去，却发现他又睡着了。头上戴的那顶黑礼帽也被人取下拿走了。

帅克叫醒了他，马车夫协助帅克一起把他塞进了车厢。军营神父的神情一直恍惚，将帅克当成七十五步兵团的约斯达上校，还反复嘟囔说：“不要生气，朋友，我和您说话一个劲儿地你呀你的。我真是一头猪！”

没过多久，马车与地面的碰撞声好像把他震清醒了。他坐直了身子开始唱了几句谁也不明白的歌曲，可能是他瞎编的：

当他在我的腿上坐着，

我想起了我的金色年代。

那时我们一起住在，一起住在，

麦克林纳的多玛日利采。

转过头来向着帅克眯缝着眼问道：“您今天还好吗，亲爱的夫人？”可是随后他又昏睡了。

“您是到哪避暑了？”稍睡了一阵儿他又说。此刻眼前的所有事物他都看不清楚。接着他又问道：“您儿子都这么大了？”说罢，用手指着帅克。

“坐下！”当军营神父想要爬到车夫座位上去时，帅克大声地叫道：“你不要以为我没办法让你老实！”

军营神父马上安静了下来，但是他用一双和猪眼睛差不多的眼神从车厢窗口向外凝视，奇怪地看着周围的环境，也搞不明白究竟怎么回事。

他彻底地晕了，面向帅克凄凉地说：“夫人，让我先去解决一件急事吧！”说完就开始解裤子。

“立刻给我把裤子穿好！你这个下流坯！”帅克对他大叫道，“所有的马车夫都认识你，之前已经吐过一次，现在又打算来这个。你不要总是欠着别人。”

军营神父用手护着自己的脸，又开始哼唱起歌来了：“都不喜欢我呀……”他才唱了一句便又停下了，张口说着，“抱歉了亲爱的朋友，您是一个大蠢猪，我想要唱什么就唱什么。”

他准备用口哨来吹个什么曲子，可是没吹起来，却从嘴唇里发出一大串“P……”声，把马车夫吓得赶快停下车。

得到帅克命令后，他才继续赶车前行。

军营神父想将烟点着。“点不着它，”他把一盒火柴划光了之后郁闷地说，“都是您捣的鬼，我点一次您就吹一次。”

但是他马上又转到另外的话题了，并开始大笑起来。

“太有趣了，电车上就咱们两个人。你说是不是啊，先生？”说着又去摸自己的包。

“我把票给弄丢了！”他叫道，“我一定会找到这张票的，停车！”

接下来做了一个无奈的手势说：“那就开吧……”

很快，他又开始絮叨起来：“在一般的情况下……没错，所有的都正常……在任何情况之下……您搞错了……在三楼上？那只是个借口。这和我无关，而与您有关系，亲爱的夫人……买单！……我喝过一杯黑咖啡了……”

在这种迷糊的状态之下，他又来到了餐厅，并和与他争夺靠窗户座位的一个人争吵起来。接着，他把马车当作火车，将身子探出窗外，用捷克语和德语朝街上大喊道：“宁布尔克到了，换车！”

帅克很费力地把他拖回自己身边。军营神父又忘记了火车的事，开始学起了各种动物的叫声。他学公鸡叫了很长时间，从马车里传出喔喔喔的叫声，清澈而又响亮。

有段时间他亢奋得控制不住自己，一直想跳出马车，咒骂所有的行人，骂别人都是流氓。然后，他又从马车上扔出一块小手绢，大声叫停车，说行李掉了。然后又讲述“布杰约维策有一名军鼓手——结了婚——一年后死了”。他又一下子大笑起来，问：“这个段子有趣吗？”

在整个这段时间内，帅克制止住了军营神父的各种行为表现。

比如他一想跳下马车或是弄坏座位等等，帅克就朝他的肋骨用力揍几下，对此军营神父已毫无知觉。

还有一次他想要跳马车，他不要往前再走，他说自己知道马车不到布杰约维策，而是到波德莫克里去。帅克强迫他回到刚才的位置上，并且看管着他，不许他睡觉。“不许再睡了，你这个畜生，打算把人折磨死!”这是帅克此时说出的最温和的一句话。就一会儿的工夫，帅克就将他的这种行为完全制止了。

忽然，军营神父冒出一阵愁思，接着哭了起来，并问帅克有没有母亲。

“我啊，上帝啊！在这个世上没有亲人，”他冲着马车外大喊道，“请你们收养我吧!”

“你就不要再给我丢脸了，”帅克警告他道，“不要再废话了，否则大家就都认为你喝醉了。”

“我什么都没喝呀，伙计，”军营神父答道，“我一点儿也不迷糊。”

忽然他直起身来，行了一个军礼，说：“报告，上校长官，我喝醉了。”

“我真是一个猪狗不如的人。”满怀着失望的情绪，他真心地将这句话重复十遍。

然后他转过头一直哀求帅克说：“您把我从汽车里面扔出去吧，怎么能带我乘车呢?”

他又坐下接着念叨着说：“月亮的周围有一个圆环，您相信灵魂的不朽吗，上尉先生？马的灵魂可以升上天堂吗?”

他又开始笑了起来，但是不大一会儿又觉得没有了兴致，木然淡漠地看着帅克说：“请问，先生，我似乎在哪里见过您。您到过维也纳吧？如果没记错的话您似乎是神学院的。”

一会儿的工夫他又背诵起一些拉丁文诗句寻找快乐：“从前有个黄金时代，那个时候没有检查官。”

“停车吧，”他说，“您还是将我扔出去吧，为什么不把我扔出去啊？我是不会摔着的。”

“我要用鼻子先着地。”他用坚定的语气说着。

“先生，”接着他恳求道，“我亲爱的朋友，请赏我一耳光吧！”

“要一个还是几个啊？”帅克问，“两个耳光。好的，这就开始吗？”

军营神父高声数着挨耳光的数目，脸上满是愉快的笑容。

“实在太痛快了，”他说，“这样对胃有好处，帮助消化，您在嘴巴上来一下！”

“太感谢了！”在帅克马上满足了他的请求以后，他喊着，“我真是心满意足了，现在请求您，把我的坎肩撕开吧。”

他建议着各种各样并且非常奇怪的请求：求帅克打断他的脚或者将他掐死一会儿，剪掉他的指甲，拔他的门牙等等。

他显示出了一种急于想做追崇者的冲动，并请求割下他的脑袋，放进口袋，然后扔到伏尔塔瓦河里。

“最好有一圈星星围绕着我的脑袋，”他满是兴趣地说道，“十颗就足够了。”

接着他又说到赛马，然后他又谈到芭蕾舞，但都没说太长时间，又问帅克：

“您会跳恰达什舞吗？会跳熊舞吗？是这样的……”

他开始愉快地扭动起来，竟然倒在了帅克身上。帅克给了他几拳，然后将他放倒在座位上。

“我想要什么呢，”军营神父大叫道，“我自己都不知道想要什么。您知道我要什么吗？”说着，他的脑袋不由自主地向下耷拉。

“我想要什么，和您没有任何关系，”他严肃地说，“这也并不关您的事，先生。我并不认识您，为什么您用那样的眼神看着我？您会击剑吗？”

突然又有那么一瞬间他变得非常狂暴，想从座位上将帅克推下去。

帅克毫不费力地把军营神父制服以后，神父就问他：“今天是星期一还是星期五啊？”

他接着又奇怪地问现在是12月还是6月。他真是有水准，竟然还会对你提这样奇怪的问题，比如“您结婚了没有？您喜欢吃戈尔刚左拉奶酪吗？”“你们家有过臭虫吗？”“您的狗有没有患过犬瘟热？”“您过得怎么样？”等等。

他的话越来越多，帅克这才发现他是如此健谈，他说他买的马靴、鞭子还有马鞍直到现在还没付钱呢；还说他几年前得过淋病，是用高锰酸钾治好的。

“不能够再想其他的了，”他说着打了一个嗝，“您如果怕麻烦，可是，请您一定要告诉我，哼，哼，我该怎么办，哼，希望您谅解我。”

“所谓的热水瓶，”他又接着说道，将之前说的话都忘了，“是一种可以让饮料及食品保持其原有温度的容器。喂，先生，您觉得哪种游戏更公道，桥牌还是二十一点呢?”

“的确，我一定在哪里见过你，”他叫了起来，还要拥抱帅克，用他那流着口涎的嘴唇去亲他，“我们常常一起上学。”

“你这个家伙呀!”他温柔地说着，同时抚摸着自己的脚，“自从我们分手以后，我们都长大了！能再次遇到你太高兴了，它解除了我所有的痛苦。”

接着他彻底沉浸在诗一样的心情中，开始大谈特谈如何才可以沐浴在快乐的面庞和温暖的心的阳光下。

接着他又跪下来，开始祈祷道：“圣母玛利亚，希望您健康快乐，笑容满面。”

马车终于到达了他的住宅的门前，他们费了好大的力气才将他抬出马车来。

“我们还没到呢!”他叫着，“来人救救我呀，他们想要绑架我，但是我还要继续向前走呀。”就像人们把煮熟了的蜗牛肉努力向外拽一样，他从马车上被拖了下来。又好像真要把他掰成两半似的，因为他的两只脚绞缠在座子上了。

在这种情形下，他仍然大声笑着说他骗了他们：“你们真的要把我扯断了才甘心啊，各位先生。”

终于，他被拽进了门厅，上了楼梯并且到了他的房间。紧接着又如同一只口袋似地被扔在了沙发上。他坚定地声明，他一定不会付出租金，因为汽并不是他租的，他们整整花了一刻钟向他解释说明他坐的是马车。

即使这样，他依然不愿意付钱，也不承认自己坐了马车。

“你们想要糊弄我，”军营神父说，特别向帅克与马车夫挤了挤眼，

“我们一路是步行回来的。”

一下子，他又特别慷慨大方地将他的钱夹扔给了马车夫：“你全部都拿去吧！我可以付钱的。多少都没有问题，我才不稀罕这几个小钱。”

其实明确地来说，他的确不稀罕这三十六个克朗。但是他钱包里就只有这点小钱。马车夫搜遍了军营神父的全身上下，还说想扇他的耳光。

“那么你就打我一下吧，”军营神父回答道，“你认为我顶不住吗？我能够受得了你五下。”

马车夫拿走了在军营神父坎肩口袋里搜到的一枚五克朗的硬币，一直责怪自己倒霉，命不好，耽误了他很长时间，还少拿了车钱。

军营神父此时丝毫睡意没有了，因为他不住地在设计着各种新计划。他想做的事情非常多：弹钢琴、练习跳舞、吃炸鱼等等。

接着他又答应帅克把自己根本就没有的妹妹嫁给他。他吩咐人们把他抬到床上，然后继续说，他希望被别人认同他是一个与一头猪有同等价值的人。他说着说着终于睡着了。

当早上帅克走进军营神父的房间时，看到他正躺在沙发上绞尽脑汁地思考着什么：怎么可能发生这种事情呢，竟然有人用这种独特的方式把他全身淋得湿透，以至于两只裤腿全部都吸在皮沙发上。

“报告神父先生，”帅克说，“昨晚您……”

他的几句话就让军营神父明白了，他错以为自己是淋湿的。神父的头脑混沌，情绪十分低落。

“我忘记了是怎么起床跑到沙发上的了。”他说。

“您根本就没睡，我们刚才回来就将您扶上沙发，也没有换到别的地方。”

“我做什么了吗？我都做了些什么事？难道我喝醉了？”

“醉得毫无知觉，”帅克回答，“报告军营神父先生，您曾经还要了一阵痉挛性的酒疯。我觉得您最好还是先擦洗擦洗，换一下衣服，这样会比较舒坦些。”

“我觉得我好像被揍了一顿，”军营神父埋怨道，“后来我又口渴得要死，我昨天没有跟谁打架吧？”

军营神父现在已经筋疲力尽。此刻如果有人听他讲话，一定会认为他常常去听亚历山大·巴切克博士的演说——“让我们向酒魔发起一场拼死的战争吧，这魔鬼正毒害着我们最优秀的男儿。”或者会熟读他写的《一百朵道德的火花》。

确实，他稍微有了一点变化。“假如，”他说，“一个人喝的是一种高贵的饮品，如南亚的甜酒、意大利的樱桃酒或是法国的白兰地酒，那就不会有什么事了。而我昨天喝的却是松子酒。我自己也奇怪，为什么我会大口大口地喝呢？其实味道并不是很好，如果是黑樱桃酒也许会好些。人们仿造出了各种式样的次货，喝它就像喝白开水一样。我喝的这一种松子酒不但味道不好，而且颜色也不好看，喝了会呛嗓子。要是来点纯正的杜松酒也好，或者跟我上次在摩拉维亚喝的那种一样。可是这次喝的松子酒却是用一种木酒精和油煮出来的，你看，我还老打嗝呢。”

“白酒是慢性毒物，”他不容置疑地说道，“一定要是原汁原味的原装货，而并非犹太人从厂子里用冷却法生产的那一种。真正的白酒和罗姆酒一样，可真正的罗姆酒实在太少了。”

“如果我现在有点纯正的樱桃白兰地酒就好了，”他叹了口气，“它对我的胃有太多的好处，普鲁斯采的施纳布尔大尉先生那儿有这种白兰地。”

然后他开始在口袋内找钱包。

“好家伙，我一共就只剩三十六个克朗了，要不把这沙发卖掉得了？”他想了一下，“你说呢？有人要买这种沙发吗？当然我可以告诉房东把它租赁给别人了，或者是被人给偷走了。不，沙发还是得留着，那我命令你到施纳布尔大尉先生那里去，前天他打牌赢了钱，向他借一百克朗。如果你在那里借不到钱，就到沃尔舍维采兵营去找马勒尔上尉；如果他那儿还借不到，那就去赫拉昌尼找菲舍尔大尉。你告诉他说我要付马料钱，可是这笔钱又让我喝掉了。如果在那儿也借不来，我们只能将钢琴卖掉，已经顾不了那么多。我每个地方都给你写一张便条带着，否则他们会搪塞你。你说我已经没有钱了，或者你自己想怎么说都可以的，但是千万别空手回来，否则我就送你到前线。你顺便问一下施纳布尔大尉，他的樱桃白兰地酒是在哪买的，你再帮我买两瓶。”

帅克将事情办得很不错。他去找的那几个人看着他那天真诚实的模样都相信他说的是实话。

帅克觉得对施纳布尔大尉、菲舍尔大尉、马勒尔上尉说军营神父付不起马料钱太不合情理，他认为，不如说军营神父付不起私生子的补助，那样最容易获得同情。于是，他在每个人那里都拿到了钱。

军营神父很是意外，他竟然带着三百克朗胜利归来。

“我一会儿就搞定了，”帅克说，“这样我们到明天甚至后天都不必在钱的问题上操心了。事情经过是，我得在施纳布尔大尉面前下跪，那个人太坏了，但是，我对他说要付私生子补助……”

“私生子补助？”军营神父吓了一跳，又重复了一遍。

“对啊！私生子补助，就是要付给女人的钱。军营神父先生，您不是说可以让我随便编的吗？我当时也想不到其他的什么理由来。我的故乡有个鞋匠，他也靠借钱过日子，谁都知道他过得并不好，但是同时又要给五个女人付私生子补助费，结果特别狼狈。对了，他们还问我，那个姑娘长得怎么样，我回答很漂亮，还不到十五岁，他们还问我要了她的住址。”

“你把事情办的太糟糕了，帅克！”神父叹了一口气，然后在房里走来走去。

“这实在是太丢人了！”他边说边抓脑袋，“我的头很痛！”

“我把我们街上一个耳聋的老太婆的地址写给了他们，”帅克解释说，“我想把事情办得更稳妥些，因为命令是不能违抗的呀！我要用个理由，不能让他们将我搪塞住。现在外边门厅里有我找来的人等着搬那架钢琴，让他们将它抬到当铺里去，军营神父先生，搬走这架钢琴其实是一件好事，既腾出了地方，又能换到不少钱。这样一来，咱们就能够过几天吃喝不愁的清静日子。如果房东要是问起咱们搬钢琴做什么，就说是断了几根钢丝，弦把它送到了乐器厂去修理。我也跟门房老太太说了，免得她看到把钢琴搬上卡车就大呼小叫。另外沙发我也找到了买主，那是我认识的一个旧家具商。他下午会来。现在一个皮沙发很值钱呢。”

“你还做什么了啊，帅克？”军营神父问，他木然地托着脑袋，看上去十分沮丧。

“您吩咐说买两瓶像施纳布尔大尉买的那种樱桃白兰地酒，我一下子就买了五瓶，好留着每天都有的喝呀。不然，趁现在当铺还没打烊，让他们把钢琴搬走吧？”

军营神父无奈地挥了挥手。眨眼间，钢琴已经让他们搬上货车运走了。

当帅克从当铺回来的时候，看到军营神父坐在一个开了塞子的樱桃白兰地酒瓶的面前，正因为中午吃到的肉排没炸透而大发脾气。

他又喝得烂醉了，向帅克发誓说，他要从明天开始重新做人，开始新的生活。因为喝酒是俗不可耐的唯物主义行为，人活着要追求一种精神生活。

他这番富有哲理性的言论持续了足有半个小时。就在他打开第三瓶酒时，旧家具商到了。他叫家具商别急着走，想要和他谈谈，可那人很不给面子，说还要去买一个床头柜。

"可惜啊，我没有这东西，"军营神父不好意思地说道，"不过一个人不可能什么都无所不有啊。"

旧家具商离开之后，军营神父跟帅克又说了一些贴心话，做了一次友好的消遣，边谈边喝着另外的一瓶酒。

他们一边喝一边聊，其中谈到了一些军营神父个人对女人和扑克所持的看法。一直到了天黑，帅克与军营神父的友好谈话还在继续。

可是到了晚上，军营神父却又变成前一天的样子，完全把帅克当成另外一个人，并且对他说："不，绝不，您绝不可以离开…您还记得辎重队的那个棕色头发见习军官吗？"

这支田园牧歌一般的插曲一直持续到帅克对军营神父说："你真让人感到厌烦！现在你给我爬到床上乖乖地休息，知道吗？"

"好吧，亲爱的，我现在就去睡了，为什么我不爬上床去呢！"他嘟囔着，"你还记得吗，我们一起都在五班待过，我还帮你做过希腊文的练习题呢！你在兹布拉斯夫有一栋别墅，可以坐着汽艇游伏尔塔瓦河，你知道伏尔塔瓦是什么吗？"

帅克强迫他脱掉鞋子和衣服。军营神父一边脱一边对一个陌生人提出抗议说：

"各位，你们看啊，"他对着柜子和一盆无花果树说道，"我的亲戚对我是如此的凶狠！"

"我想和他们断绝一切关系！"上床的时候，他忽然用不可置疑的口气说“就算老天都与我作对，我也要和他们断绝……”

屋子里回荡着军营神父的震耳欲聋的鼾声。

在这段时间，帅克还挤点儿时间去了一趟他的老佣人的住宅，只看到了米勒夫人的表妹。她向帅克哭诉着说，：“米勒夫人就是在她用轮椅推先生去入伍的当天被逮捕了，军事法庭审讯了她。但是确实找不到任何能给她判罪的证据，于是就把她送到斯特因霍夫集中营去了。她还从那里寄来一张明信片。”

帅克捧起家里这份作为遗物的珍贵书信读道：

“亲爱的安宁卡：我们在这里过得还不错，大家都很健康。住在我隔壁床上的女人患上了水肿，这儿也有患天花的。除此以外，其他的一切都正常。我们的饮食不好，有时靠捡来的土豆做汤喝。我听说我家的先生帅克已经去世了，请你打听一下他被葬在了哪里。战争结束后我们也好去给他上个坟、添个土。我忘了跟你说，阁楼黑洞洞的角上有一个匣子，里面放着一条小狗，一只小狗崽儿，他可能有几个星期没有吃东西了。我想喂它却鞭长莫及，小狗也许真的没命了。”

信上面盖着一个玫瑰红的戳子，上面批注：“此函业已经帝国及皇家斯特因霍夫集中营检验。”

“那只小狗早就死了，”米勒夫人的表妹哭泣着说，“您认不出来您曾经住过的这间屋子了吧，那是因为一些女裁缝住到这里了，她们将这里装扮得像小客厅。墙上面都是时装图片，窗台上面也摆满了鲜花。”

米勒夫人的表妹很激动，一直难以平静。

她一直在那儿哭诉着，甚至表现出担忧顾虑，担心帅克是从军队里逃出来的，这样就会连累到她，会给她带来厄运。于是她就改变了态度，仿佛在跟一个淫荡的冒险家谈话。

“这个玩笑开得太大了，”帅克说，“我很高兴，格依谢瓦夫人，我会让他们相信我是大费周章、很不容易才逃出来的，我还要干掉十五个警卫和军士。您不要跟其他人说……”

当帅克走出那间不肯收留他的房子的时候，他说：

“格依谢瓦夫人，我还有几条领带跟背心在洗衣房里，请您替我拿出来。等我从军队复员回来的时候可以有衣服换。还有，请您注意，别乱动我的衣服。另外，请代我向那些睡在我床上的小姐们问好。”

之后，帅克又来到“杯杯满”酒馆看了一下。巴里维茨夫人一看到他，便说不会为他倒酒喝，她认为他可能是偷着逃出来的。

“我的男人，”她又开始旧事重提，“他是那么谨慎的一个人，却平白无故地蹲在了大牢里，好可怜呀。有一些人却从军队里逃跑出来，现在自在快活地到处闲转。上周他们还来搜捕您呢！”

“事实上我们比您还要更加小心，”她结束自己的话说，“但我们依旧倒霉，不是所有的人都像您那么好运啊！”

这时，一位年长的来自斯密霍夫的钳工走到帅克跟前说：“抱歉，先生，我有话跟您说，请在门外等我一下。”

他从老板娘巴里维茨夫人那了解到帅克是逃出来的，在街上他和帅克交谈了一阵。

这人告诉帅克，自己的一个儿子也从军队逃回来了，现在躲在耶塞纳他的奶奶那儿。

帅克向他解释自己不是逃出来的，可他无论如何也不相信，硬塞给帅克十克朗。

“这留着给您备急用，”说着就将帅克拽到酒馆的一个角落里，“我很理解您的心情，您不必怕我。”

帅克回去的时候天色已晚，但是直到第二天凌晨军营神父才回来，将帅克叫醒说：“明天我们必须给野战军做祷告。你去煮点掺有罗姆酒的黑咖啡，如果能熬点哥洛哥酒更好。”

第十一章　帅克随神父去战场做弥撒

所有的屠杀、灭绝人类的前期工作，都会假借上帝的名义来进行。

几内亚与波利尼西亚岛屿上的食人者在吃掉他们的俘虏和无用的人，

比如传教士、旅行者、各种贸易公司的经纪人或是普通猎奇者以前，首先也祭祀自己信奉的各种神灵，并举行名种宗教礼仪。那个时候还没有僧袍祭服这类文明的东西，因此就扎一些禽鸟鲜艳的羽毛在臂部周围作为装饰。

每当进行处决时都有神父登场表演，虐待囚犯。比如：

在普鲁士，是由牧师带着可怜的囚犯到斧头下；在奥地利则是由天主教神父领到绞架旁；在法国是领到断头台下；而在美国，则由神父领到电椅上；在西班牙，是领到一张电椅上，那上面装有一个精致的窒息器；而在历史悠久的俄国，则由一名大胡子的神父来给革命者举行礼仪，等等。

各地在处决囚犯时都要拿出耶稣受难的十字架，仿佛在说："只是砍掉你的头，或者把你绞死、勒死，或者往你身上加十五千伏的电压而已，这点苦不算什么。"

世界大战的大杀戮依然不能缺少神父们的祈祷。所有军队里的军营神父都要做祷告，为给他们饭碗的一方祈求胜利。

被称为"圣徒"的海盗沃依捷赫原本是一手执剑，一手拿十字架来屠杀着波罗的海沿岸的斯拉夫人。如今他们依然没有丝毫改变。

全欧洲的人们就如同牲口一样，大量被赶进屠宰场，赶他们的除了这帮"屠夫"——皇帝、国王、总统和权势显赫的将领以外，还有持各种信仰的传教士来为他们祈福，他们发出虚伪的誓言，如"在地上、在天上或是在海上，我们都无处不在"等等。

战地祈祷大多做两次：一次是在军队去往前线时，一次是在抵达前线，在爬进战壕要去屠杀、牺牲之前。我记得有一次正在举行这种战地祈祷的时候，一架敌机刚好把一颗炸弹投在讲坛上，把做祈祷的神父炸得粉身碎骨，只剩下几片被染了血的破布。

之后他被报纸当成偶像来宣传报道，而与此同时，我们的飞机也为对方的神父制造出一样的光荣下场。

一个夜里，临时插在神父坟头的十字架上面，出现了如下一段墓志铭：

原本这是我们的灾难，却让您遭遇。您原来就答应我们的，朋友啊，您一定能升上天堂。欣逢祈祷大典，谁知祸从天降，现在仅有那几片染血的破布，长久地埋葬在这堆土下。

帅克做的哥洛哥酒特别有味，比老水手们酿得都好。这种酒即使是18世纪的海盗们尝了也会非常满足。

奥托·卡茨军营神父非常高兴。“你煮的这么一手好喝的酒是在哪里学的？”他问道。

“是从前我在外流浪的时候，”帅克回答说，“在不莱梅跟一个放荡不羁的水手学的。他说，哥洛哥酒一定要浓到让你喝了它之后，就算落入海里也可以游过整个拉芒什海，如果喝的只是几杯淡淡的哥洛哥酒，你就会像狗崽子似地沉入海底。”

“帅克，喝上一些这种烈性的好酒，那我们这次的战地祈祷一定会做得很圆满，”军营神父说，“我想要在临走之前说几句话，做战地祈祷并不是在开玩笑。这不像在拘留所里做祈祷，或者为那些浑蛋们随便布道那样。在做战地祈祷的时候，我们一定要全神贯注、机智灵活，战地祈祷需要用的讲坛我们已经准备好了，那是一个可以折叠起来的袖珍讲坛。”

“我的天啊！帅克，”他用手抓住头，“我们真是些蠢货！你知道我把这个能够折叠的战地讲坛放到哪了吗？天哪！不会是塞到我们早已卖掉了的沙发里了吧？”

“糟了，军营神父先生！”帅克说，“我认得那位旧家具商，就在前天我看到他老婆，听她说他因为偷了柜子被关起来了。我们的那张沙发现在转卖到沃尔舍维采一名教师的手里。少了这个战地讲坛可不行，最好咱们喝完这点哥洛哥酒就去找它。”

“我们还真的就差这个讲坛了，”军营神父极其郁闷地说，“演习场上所有的东西都准备就绪了，木匠已经在那里搭起了一个讲坛，在普谢夫诺夫修道院已经借到了圣体匣。原本我知道自己有一只圣杯，可是现在那东西又在哪？……”

他思索片刻说：“也许它也丢了，我们可以将七十五团的魏廷格上尉那只体育奖杯借来用一下。那是很久以前他代表‘体育爱好者’俱乐部赛跑的时候获得的奖品，他一直跟我们吹嘘：从前是一名优秀的赛跑运动员，他只用了一小时四十八分钟就获得了从维也纳到穆德灵的四十公里马拉松赛跑的冠军。昨天我已经跟他谈定了。我真是一个蠢货，总是拖到最后一刻才想起来，我为什么不在卖沙发之前检查一下它呢？我真是没用啊！”

他在哥洛哥酒的作用之下开始痛骂自己，他用各种俗气的语言来数落自己，也不知道自己到底是个什么东西。

“咱们还是把那个战地讲坛找回来吧！”帅克建议道，“天快要亮了，我要在穿上制服前，再喝上一杯哥洛哥酒。”

于是他们便开始上路，军营神父告诉帅克他昨天在玩“上帝赐福”牌时赢了好多好多的钱，估计能把钢琴换回来。

这事儿就和异教徒答应要献上什么祭品一样。

旧家具商的老婆睡眼蒙眬地告诉了他们沙发的新主人——沃尔舍维采教师的住址。军营神父非常潇洒大方地对待她，又是拧脸蛋儿又是搔下巴颏儿的。

因为军营神父要换换新鲜空气，做些另外的事情，他们便一起走到沃尔舍维采。

到了沃尔舍维采的这位教师——一个虔诚的老教徒的家，他们不禁吓了一跳。原来这位老先生在沙发内发现了战地讲坛以后，便认为是上帝的安排，于是就把它送给了沃尔舍维采教堂的圣器室，还在它的背面写上：教师哥拉西克于1914年夏奉献予上帝，赞美我们神圣的主。这时，他才发现自己只穿了一条内裤，显得十分窘困、迷茫，不知所措。

自从他买到这张沙发以后，他总是觉得那里面有一个声音在说：“你去看一下沙发缝隙里面有什么东西。”他说他曾梦见了一位天使直接命令他：“翻开沙发的夹缝！”他便照着做了。

他说当他看到那个带有壁龛的、画得很精巧的三面折叠的精巧讲坛的时候，立刻就跪倒在沙发前，热诚地祷告了很长时间，他赞美着上帝，并将这认为是上帝的旨意，让他用来点缀沃尔舍维采教堂的。

“别再跟我们说这些了，”军营神父说，“您应该把不属于自己的东西上交给警察局，而不是送到圣器室去。”

“这对您也许是奇迹，”帅克接着说，“但是您也许会倒大霉，您买的只是沙发，而不是属于军队的讲坛。所谓上帝的旨意也许是让您付出非常大的代价！本来就不应该往天意上靠。兹霍尔有一个人曾经在地里挖出一只圣杯来，其实是一个圣物盗窃犯自己埋进去等事后回来取的，结果忘记了。挖出圣杯的那人竟然也把这事儿认为是上帝的旨意，不过他没把圣杯拿去熔化掉，而是带着它去找神父先生了，想要把它献给教堂。神父先生却认为他一定是自己偷了圣物受到良心谴责才送回的，于是便把他带到村长那儿，村长把他交给了警察，就这样无辜的人却被认定为圣物盗窃犯。他想为自己辩护，不停地絮叨，希望奇迹出现，他当时也提到了所谓的天意，甚至把圣母玛利亚也扯了进去，可是结果一点儿用也没有，依然被判了十年徒刑。您最好尽快跟我们一起找这里的教区神父，将公家的财产还给我们。战地讲坛可不是一只什么小猫小狗或者什么短袜子，您想要送谁都可以。”

老教师吓得不停地颤抖，穿衣服时牙齿还在打颤。“我真的没有什么坏想法！我只是想用上帝的恩赐来点缀一下我们沃尔舍维采的这座穷教堂。”

“你这是滥用军事物资！这是十分明显的事，”帅克干脆、严厉地打断了他的话，“天啊！哪儿有这样的上帝恩赐?！霍捷博尔有一个叫比沃卡的人，有一次不知怎么地将人家的一头牛连同套子一起牵到了自己的手上，也说是来自上帝的恩赐呢。”

那个可怜的老头儿真是吓坏了，什么也不再解释，只想着快些穿好衣服去把东西给找回来。

沃尔舍维采教区的神父还在睡梦中，却被杂乱的声音吵醒了。稀里糊涂地以为有人叫他去为哪个死者举行临终涂油礼。

“就算举行临终涂油礼也要先让人睡个舒服觉嘛，”他一边埋怨着，一边极不情愿地穿着衣服，“人家睡得正香，还要被那些死去的人所打扰，最后还要为几个手续费浪费口舌。”

就是这样，他们在前厅见了面。他，作为上帝在沃尔舍维采居民和天主教徒中间的代表，而另一方则是上帝在人间的军事机关里面的代表。

总之，这便是军民双方之间的纠纷。

教区神父始终认为不应该把战地讲坛放在沙发里，而军营神父则表明，正是因为这样，那就更加不该把它从沙发里取出来送到只有老百姓才会去的教堂的圣器室。

帅克站出来帮助说，一个穷教堂靠占军事机关的便宜来发财是一件很容易的事，而这个“穷”是打了引号的。

最终，他们共同来到了教堂圣器室，教区神父交出了战地讲坛，记事簿上这样写道：

兹收到偶尔流失到沃尔舍维采教堂之战地讲坛一件。

军营神父 奥托·卡茨

这个贵重、有名的战地讲坛是维也纳的莫里兹·马勒尔——一家犹太人开公司时制作的。该公司专门生产各种像是念珠圣像之类的祈祷和宗教礼仪所需用品。

三面折叠而成的讲坛的上面贴着很厚的一层假的金箔，这样就让讲坛就如同所有圣殿一样，显得金碧辉煌。

想象力差的人很难能够分辨出那三块板上画的东西的特殊意义。毋庸置疑，它就是一个讲坛，可是这个讲坛，连住在赞比亚的多神教徒和布里亚特族以及蒙古族的巫师们都能够使用。

讲坛的颜色非常鲜艳亮丽，有点儿像用来测试铁路员工是否为红绿色盲者的彩色板。

只有一个突出人像，那是一个浑身赤裸的男人，他的头上现出光环，周身发青，就如同一只已经腐烂发臭的鹅的屁股。

但他竟然是左右两侧长着翅膀的天使形象，这个一丝不挂的男人好像被他周围的环境吓得大喊大叫。因为那个天使画得跟童话中的妖怪很像，仿佛是某种介于带翅膀的野猫和《启示录》中的怪物之间的一种东西。

讲坛的另一面画有一个表现三位一体的圣像，那是一只鸽子。但是画家又把它画得活像是美国种的大白鸡，所以认为他的画技不差。

天父被画得像是一部惊险暴力影片当中的西部荒原上的盗贼。

天父之子被画成了一个年轻的快乐的男子，他的肚脐下那凸起的部分被游泳裤似的东西遮了起来。总体来说给人的印象是一个杰出的运动员，仿佛是手握网球拍子那般潇洒自如地捧着十字架。

从远处来看，这些融合在一起，给人的感觉像是一列火车正要进站。

第三幅画让人弄不懂究竟要画的是什么，又要告诉大家什么。

士兵们在看祈祷时总是因为抢猜画迷而争吵，有的人甚至认为这就是一幅萨扎瓦河畔的风景画。

而画上面却写着："圣母玛利亚，耶稣之母，请宽恕我们吧！"

帅克把到手的战地讲坛利索地放进马车，随后自己坐到前厢马车夫的旁边，而军营神父却一个人舒坦地坐在车厢里，他的两只脚放在象征三位一体的讲坛上面。

帅克跟马车夫谈论着关于战争的事情。

马车夫属于造反派，他一直在讨论奥地利军队武力的问题，比如说"对方却在塞尔维亚大力推进"等等。马车开进粮站的属地的时候，粮站的一个小职员询问车里装的是什么。帅克回答道：

"有三位一体的讲坛、圣母玛利亚和军营神父。"

这时，各步兵连的新兵在演习场上已经等了很长时间，开始显得不耐烦了。因为帅克和军营神父他们要先到魏廷格上尉那儿去借运动奖杯，然后还得到普谢夫诺夫修道院去借圣体匣、圣餐盒和其他做祈祷的物器，包括一瓶进圣餐时要用的酒。可见他们做一场战地祈祷并不是件简单的事。

"我们做这种事太不认真了，几乎就是草率了事。"帅克对马车夫说。

他说得没错，因为当他们到了演习场，走近了讲台，在木头架子的旁边放了张桌子，在桌子上放上了战地讲坛之后才发现军营神父忘记带助理了。

之前一直由团部派一名固定的步兵来担任这个职务，可是这人却去当了接话员，再后来就上前线了。

"没关系的，军营神父先生，"帅克说，"以后这个差事交给我办。"

"你知道该怎么做吗？"

"我以前倒是没做过，"帅克回答说，"但是可以试一试，打起仗来每个人都在做着以前连做梦也不会梦到的事。我想，还不就是在您讲完'上帝降福于你们'这句经文以后，我再加上一句'与你们的灵魂同在'而已嘛！之后的事我想那就更加容易了，就像是一只猫儿围着一碗烫稀饭那样绕着您走一遍。最后为您洗手，将酒从杯里倒出来……"

"好吧，"军营神父说，"不过你不用替我倒水，你最好马上给我往第二只杯子里倒上酒。反正我随时都会告诉你该走右边还是左边。我轻轻地响一声口哨，那就代表右边；如果两声，就代表左边。祷文的事儿你也不用发愁。其他的就很简单了，你心里面不紧张害怕吧？”

“我没什么值得紧张的，神父先生，就算是当助理这类的事儿我也不在乎。”

事情很顺利地就过去了。

军营神父的话说得十分简洁：

“士兵们！今天我们在这里聚会，目的就是让你们在奔赴战场之前将自己的心交给上帝，请求他赐给咱们胜利，请求他保佑咱们平平安安的。我就不耽误你们的时间了，祝愿你们一路顺风！”

“稍息！”站在左边的老上校喊着。

战地祈祷之所以是“战地的”，是因为它如同战场上的战略战术，它浪费你的时间同时还受法律的约束。比如在这样漫长的三十年战争当中，战地祈祷也通常被拖得冗长。

而在现代化的战略战术当中，军队的行动要求迅速敏捷，战地祈祷也应该是不同于以往的，应该尽量简洁。

这场祈祷刚好只花了几分钟。接近讲坛站着的士兵们都奇怪，为什么军营神父在做祷告时要吹口哨。

帅克将暗号的内涵把握得十分准确，他一会儿走到讲台的右方，一会儿又转到了左边，而嘴里只是不停地念着“与你们的灵魂同在”。

虽然给人的感觉好像一个印第安人在绕着一块祭石跳舞，整个仪式给人的总体印象还好，驱除了尘土飞扬的演习场中的沉闷气氛，也驱散了演习场后边那条李子树林里的一排茅坑所散发出来的臭气。这股臭气代替了哥特式教堂里那神秘的醇香味。

所有人都在那里天南海北地胡扯。军官们都围着上校讲段子。一切进行得还算十分顺利。士兵队伍里到处都能够听到这句话：“给我来一口吧！”

一缕缕烟草散发出的一片片蓝色的云朵就如同讲坛上的烟雾，从各个连队直冲青天，当他们见到上校点燃了烟卷时，大家也都抽了起来。

后来只听见一声“跪下祈祷”，瞬间便烟尘四起，由穿灰色制服的士兵组成的方阵立即朝着银杯屈膝跪倒。

银杯里已经倒满了酒，听听台下士兵们私下交谈着如何形容军营神父摆弄着的酒："被军营神父一饮而尽了。"

这种表演再重复了一遍，然后又是一声"跪下祈祷"，最后乐队演奏起了《主佑我等》的曲子，野战军的士兵们便列队离开了。

"把那些东西都收拾起来放到一起，"军营神父手指着讲坛对同帅克说，"我们回去后可方便地将它们归还原主！"

然后他们又坐上马车同马车夫一起回去。除了那瓶做祈祷用的酒之外，其他的器物都原原本本、老老实实地归还了。

他们到家之后，立即告诉那倒霉的马车夫到司令部去领取这趟长途生意的工钱。帅克问军营神父："请问神父先生，助理同神父一定要属于同一个教派吗？"

"那是肯定的，"军营神父回答说，"否则祈祷就不灵验了。"

"那么，神父先生。"帅克说，"我现在不属于任何教派，你说我怎么总是这样不走运呢？"

军营神父看了帅克一眼，沉默一会儿，接着拍了拍他的肩膀说："瓶子里还有一些圣餐用剩下的酒，喝掉它就算你入教了，以后就属于教会的人了！"

第十二章　一场关于部队宗教的辩论

帅克已经好几天没有看到那位培养了无数军人灵魂的人了。军营神父将时间花在了吃喝玩乐上。他很少不回家，而且偶尔回来时总是油污满身，看起来脏兮兮的，好像是一只沿着屋顶跳来跳去发情的黑头猫。

假如有一天在睡觉以前回了家，并且头脑还算清醒的话，他肯定要和帅克谈一会儿那些他所谓的崇高目标、激情以及理想。

帅克还和他到战壕里做过一次战地祈祷。那一次，由于办事人的粗心，竟然多请来了一位军营神父。这位神父曾经是一位神学教员，是一位坚信上帝的人。当他看见在举行宗教礼仪时，帅克竟然从随身带着的野战军用壶里给自己的同行卡茨敬了一口白兰地酒时，他是完全惊呆了。

“这个是名牌，很不错的，”奥托·卡茨说，“您喝够了就先回吧，这场面我一个人完全可以应付。不过今天我的头有点痛，需要在广阔的蓝天下来完成这场祈祷。”

跟以前一样，卡茨非常出色地完成了自己的任务。那位信奉上帝的军营神父摇着头离开了。

这次他将圣酒换成了葡萄汽酒，布道也拖了很久，并且每隔两句话还添加了“诸如此类”和“毋庸讳言”的词句。

“战士们，你们今天就将奔赴前线，诸如此类。现在就请你们将自己的心交给上帝，诸如此类，毋庸讳言。你们并不知道，来集会要做什么。毋庸讳言，诸如此类。”

讲坛上面一直传来“诸如此类”和“毋庸讳言”的话语，也掺杂着上帝以及一切虔诚者和圣徒的名字。

在这热情洋溢、慷慨激昂的说教中，军营神父竟然将叶夫根尼·萨沃伊斯基王子提升为圣人，并且宣称他将会保护在河上架桥的工兵们。

工兵们认为：这场战地祈祷总体来说还算可以，没有招致太多的反感，并且愉悦而有趣。

在回家的路上，电车售票员不让帅克和神父把折叠式的战地讲坛放到车上。“小心我用这圣物敲你的头。”帅克威胁售票员。

到家以后，他们却发现圣餐盒找不到了。

“没什么，”帅克说道，“最早的天主教徒们做祈祷时就没用它。如果我们说丢了圣餐盒，那位捡到它的老实人肯定会来讨要赏钱。如果丢的是钱，就未必有一个老实的拾金不昧者，尽管这种人确实存在。在我们布杰约维策的团队里有这样一个士兵，诚实得简直是一头蠢牛。有一回他在街上拾到六百克朗，交到警察局。随后，各报铺天盖地地将他的事迹大肆宣扬，把他作为一个拾金不昧者来大加赞扬，可是结果却让他丢尽了脸面，没有人再愿意理睬他。人们都说他：‘你真是一个笨蛋，怎么会做出这样的蠢事来。你身上如果还存有少许血性、尊严的话，你将终生都会为这件事感到难过。’在那之前，还有个姑娘和他交往，后来也跟他说了拜拜。他回到故乡探亲，朋友们甚至把他从小酒店里赶出去，不让他听音乐。他一天天地消瘦下去，脑子里总想着这件事，最后他卧轨自杀了。还有一回，有一个裁缝在大街上捡到了一只金戒指，大伙提醒他别交到警察局，可是他就是不听。警察们是非常亲切地接待了他，说是已经有人报了案，丢了一只带钻石的金戒指。但是他们了看戒指上的那块石头之后，对裁缝说：‘先生，这可是一块玻璃而不是钻石啊！你是不是把这颗钻石换掉了？这样老实的拾物者我们见得可多了！’后来他们才查明，确实有一个人真的丢了一枚假钻石的金戒指。可是，那裁缝却还是得蹲上三天的班房，因为他气愤之下对警察不敬。他按照规定得了百分之十的赏金，也就是一克朗，因为这破玩意儿本身只值十克朗。裁缝立刻将这笔合理合法的赏金砸向失主的脸上，失主控告他侮辱了人格尊严，裁缝因此又被罚了十克朗。后来他走到哪儿就说到哪儿，说每个捡到财物又老实报案的人都应罚款二十五克朗，并且还要当着众人的面把他打个鼻青脸肿，让每个人都能牢记并照着办。我想，没有人会将那圣餐盒还回来的，况且圣餐盒背后盖有团部的大印，谁都不愿意跟军队有任何瓜葛，把它扔到水里都比惹出祸来好。昨天我在‘花满香’酒馆和一个五六十岁的乡下人聊天，他到新巴克区公所去问他们为什么要没收他的四轮马车，结果却被赶出了区公所。在回家的路上他看见了一列辎重车队正好停在广场上，有个年轻小伙子请求他帮忙照看一会儿马，说他是为军队送军需食物的。然后他在那等了好久，可小伙子却一直没有再出现。当车队要继续前进的时候，这位五十六岁的乡下人就只好跟着他们一直往前走。车队到达了匈牙利，他也同样请求别人在车队旁等他一会儿，他这才得救脱险了，不然还得跟着去塞尔维亚。这一路可是把他吓坏了。从此以后，他再也不敢同任何有关军队的事物沾边了。”

晚上有人到军营神父的家来，就是早上那位也想为工兵们做战地祈祷的笃信上帝的军营神父。可以说，他是一名宗教的盲信者，他恨不得每个人都信奉上帝，早在担任神学教员的时候，他就已经靠敲后脑勺来强化孩子们的宗教感了。各种杂志上面，不时地会刊登以《残暴的神学教员》

或者《专敲后脑勺的神学教员》等为题的文章来评论他。他坚信藤条制度就是促进孩子们掌握教理知识的最好帮手。

他的一只脚有点儿瘸，这是一个被他打过后脑勺的学生的家长找他算账的结果。那个学生后脑勺被他打三拳，只不过因为对三位一体表示了一点儿怀疑：一拳为圣父；一拳为圣子；第三拳为圣灵。

今天他来找他的同僚卡茨，就是要引领同僚回归正道。他说的话发自肺腑，开头是这样讲的："真是令我吃惊，您这里竟没挂耶稣受难的十字架。您在哪里念祷文？您的房间的墙上没有一张圣像。都是挂了些什么呀？"

卡茨微微一笑说："这个是《苏珊娜沐浴图》，下面的那张裸体女人是我的一个老恋人。右边那个是一张日本壁画，画有一个日本老武士和几名艺妓之间的性活动。的确，实在太独特了，对不对？帅克，你替我把祷告书拿来，翻开到第三页，书在厨房里面。"

帅克到了厨房，可是从那儿接连传来三下开酒瓶塞子的声音。

当桌上出现了三瓶酒时，笃信上帝的神父深感惊慌。

"这个是做祈祷用的淡葡萄酒，老兄，"卡茨说，"非常好的酒品，酸味的白葡萄酒，味道和摩泽尔产的差不多。"

"我是不会喝的，"那位神父固执地说道，"我是真心诚意地想来跟您聊聊。"

"但您的嗓子眼儿会发干的，老兄，"卡茨说，"您先喝一点儿，我再洗耳恭听吧。我是一个宽容大度的人，各种意见我都会认真地听。"

信奉上帝的神父呷了那么一小口，顿时眼睛便睁大了起来。

这位宗教的盲信者固执地说："我发现您说话总是爱带脏字。"

"习惯了啊，"卡茨回答说，"有的时候我甚至发现自己犯了渎神罪。帅克，替神父先生倒酒，我和您说实话吧，我还常常说'操你妈！他奶奶的！他妈的！'这类的脏话。我想，等您像我一样在军队里呆久了，您也会这个样子的，这个并不难。而在宗教方面，我们不是也会说'天国、上帝、十字架、庄严圣洁'这一套的吗？听起来不是很悦耳动听，不就能使我们彼此很熟悉吗？喝吧，老兄！"

这位昔日的神学教员此时机械地喝着。显然，他想要说点儿什么而又难以启齿。他在搜索说辞。

“老兄，”卡茨接着说，“抬起你的头来，不要那么愁眉苦脸地坐着，就像是再过五分钟他们就要送您上绞刑架似的。我听人谈论过您，说您有一回把星期五误当成是星期四，因此就到餐馆里去吃了一块猪排，当你发现自己记错了时间后，立即跑到厕所将一个手指伸进喉咙里，将它吐出来，您以为上帝会因此而惩罚您。我可不怕在大斋期内吃肉，也不怕进地狱。对不起！您请喝！感觉好点儿了吗？也许您是一位与时俱进的人，您对地狱有什么看法呢？你是不是认为地狱里已经把普通的硫黄锅改成了蒸汽锅，也就是高压锅用来煎熬不幸的罪人，而罪人们都被涂上了人造的奶油，穿在电动铁叉上面烤人肉串吧？百万年以后，会有一种修公路的打夯机从人的身上压过去，将他们碾成粉末。牙科技师会用一种特殊的器械将罪人的牙齿拔得咯咯直响，用留声机唱片刻录他们的哭叫声，然后再送到天堂，供正人君子们来欣赏。在天堂里面，用的是喷雾器喷香水，交响乐队不停地演奏着勃拉姆斯的乐曲，直到人们宁愿下地狱，到炼狱里面去受苦受难，也不愿意再听下去。天使们的臂部都装上了飞机用的螺旋桨，免得自己的翅膀受累。您请喝，老兄！帅克，替他倒白兰地。我觉得他好像不行了。”

那位神父清醒过来以后，轻声地说：“宗教就是一种理智的思考，有谁不相信三位一体的存在……”

“帅克，”卡茨打断他的话说，“再替神父先生倒杯白兰地，使他清醒过来。你跟他聊点儿什么吧，帅克。”

“报告军营神父先生，在沃拉西马，有一个修道院的教长，”帅克说，“当他的老女管家带着一个小男孩和钱跑掉以后，他便雇佣了一个新的女仆。这位教长年龄也不小了，却研究起了圣奥古斯丁来。众所周知，圣奥古斯丁在教会里面算是一位圣父。这位修道院的教长从一本书上面看到，谁要是相信地球的另一面住着人的话，谁就会遭到诅咒，因此他叫来自己的女仆对她说：‘你听着，有一回你对我说，你的儿子是一个钳工，现在到了澳大利亚，也就是说他生活在地球的另一面。但是圣奥古斯丁有令，如果有人相信地球另一面有人居住，那他就要遭到诅咒。’‘尊敬的神父，’女仆对他说，‘无论如何，我儿子从澳大利亚给我寄来信和钱’。

‘这是魔鬼的骗技！’修道院教长坚定地说道，‘按照圣奥古斯丁的学说，澳大利亚根本不存在。这是魔鬼引你上了歧途。’星期日那天，他在教堂里当众将她臭骂了一顿，并叫喊着澳大利亚并不存在。人们没有办法，只好把他送到了精神病医院。好在那里像他这一号的人多的是。在乌尔舒林基的修道院里有一瓶圣母玛利亚用来喂耶稣的牛奶。在贝内舍夫孤儿院里面，他们给孤儿们送去了法国卢尔德城的圣水，孤儿们喝了以后，就全部开始拉肚子。”

信奉上帝的神父感觉自己的头昏昏沉沉的，刚喝下去的白兰地开始产生效果，使他精神又提了起来。

他眯着眼问卡茨：“难道您不相信圣母玛利亚是童贞女受胎的吗？您不相信保存在庙宇里的扬·克什吉德尔圣徒的大拇指是真的吗？您到底信不信上帝啊？您如果不相信，那您又是怎么成了军营神父呢？”

“我的老兄啊，”卡茨亲切地拍了一下他的后背说，“只要国家觉得有必要，当士兵们在去打仗送死以前给他们送点上帝的祝福，那么，军营神父便是一个钱挣得多，又不太费神儿的美差了。对于我来说，这可比在演习场上东跑西颠地操练要好得多。想当初，我代表着一个根本就不存在的人物，而且由我自己来扮演上帝的角色。要是我不想要宽恕某个人的罪恶，就是给我下跪我也不饶恕他。可是这种人他妈的近来已经很少了。”

“我是真的热爱上帝，”笃信上帝的军营神父说道，已经开始在打嗝了，“我非常爱他，请您给我一点儿葡萄酒吧。我敬重上帝，”他又接着说，“非常非常地敬重和热爱他。我对谁都不像对他那样的敬重。”

他重重地捶着桌子，结果桌子上的瓶子都被震得乱蹦起来。“上帝具有一种不同寻常的至高无上的品格，他光明正大且诚实正直，他就像太阳一样光芒四射，谁也不要妄想动摇我这个信念。我也尊重信徒约瑟夫，我敬重所有的圣徒，包括圣·塞拉皮翁，虽然他的名字不怎么好听。”

“他应该申请改名。”帅克插了一句。

“我还喜欢圣女鲁德米拉和圣徒贝尔纳德，”昔日的神学教员接着又说，“他在圣哥达尔达救了很多朝圣者。他的脖子上总挂着一瓶白兰地，去搜救被大雪所覆盖的行人。”

他们的兴致又转移了。那位神父已经开始语无伦次了，“我敬重所有的小动物们，12 月 28 日就是它们的节日，我恨赫罗德斯。——在母鸡睡觉的时候生下的蛋，吃起来肯定不会觉得新鲜。”

他开怀大笑起来，接着又唱：“啊，神圣的上帝！神圣的、有力的。”

可他马上又停了下来，他站起来，转向卡茨，尖锐地问道：

“您不相信 8 月 15 日是圣母玛利亚的升天节吗?”

当他们的兴致达到最高潮时，于是又添了几瓶酒，偶尔还传来卡茨的声音：“您说，您到底信不信上帝，不然您甭想喝酒。”

感觉仿佛最早的一批天主教徒遭受迫害的时代又回来了。昔日的神学教员们唱起了一首古罗马竞技场的追崇者之歌，并且大声吼道：“我信上帝，我不会不承认他的！我自己也留了很多的葡萄酒，我可以派人去取过来。”

在他熟睡以前，他还举起了右臂发誓说：“我相信圣父、圣子和圣灵。给我拿祈祷书来。”最后他们把他按到床上。

帅克顺手塞了本床头柜上的书到他的手上，于是这位信奉上帝的神父便抱着薄伽丘的这本《十日谈》熟睡过去了。

第十三章　帅克为他人举行终傅仪式

军营神父奥托·卡茨心事重重地坐在那儿研读军营里刚刚送来的一份通告：关于为军人举行涂油礼的各项规定。

另外还有一份通知，要他明天去查理士广场的军医院为重伤员举行涂油礼。

“你过来看看，帅克，”神父喊道，“真是烦人！好像全布拉格就只我一个军营神父似的，为什么不派上次那个在这儿睡觉的那位信奉上帝的神父呢？让我们到查理士广场去搞涂油礼。我已经完全忘记这种事该怎么办了。”

“那咱们去买一本教义问答来看看吧，神父先生。那上面写得非常清楚。”帅克说。

书买来以后，神父翻了翻说道：“看！这个涂油礼还只能由神父来执行，并且还只能用授予过圣职的主教供给的油。帅克，光是你自己一个人还不能行涂油礼。你来念一念，这个涂油礼到底该怎么做。”

帅克念道：“做法如下：神父将在病人的每一个感官上面涂上油，同时念祷文：‘上帝将通过这种圣洁的涂油礼和他那至善的仁慈来饶恕你，饶恕你因为视觉、听觉、嗅觉、谈吐、触觉和行走而犯下的一切罪行。’”

神父说道：“那我们还得找点儿授予过圣职的主教供给的油。你拿十克朗去买一小瓶。军需处肯定会有。”

帅克立刻动身去买。实际上，找这种油要比聂姆佐娃（捷克著名女作家）的童话里写的找活水还要困难。

他去过了几家药店，帅克一脸严肃，刚一开口说道“劳驾，我需要一瓶授予过圣职的主教供给的油”时，不是引起了人们的一阵哄笑，就是吓得人家躲到柜台后面去了。

帅克又走进一家药店，提出同样要求的时候，老板跟伙计说：“道亨先生，去替他倒一百克的三号大麻油。”

伙计用纸将瓶子包好，用一个老生意人的口气对帅克说：“这个可是一等品，如果您希望来点刷子、油漆、干性油的话，请再次光顾这里，我们一定会竭诚为您服务。”

再后来，传令兵带来了一封公函，上面写道：“贵族妇女主办的‘士兵宗教教育协会’明天将会出席这次的涂油礼。”

这个协会由一批神经兮兮的老太婆组成，她们在各个医院里面向士兵们散发圣徒画片和描写为皇帝而死去的天主教士兵的故事的小册子。然而这个协会被神父叫作“一群败类”。

“我们终于买到油喽，”当帅克从波拉克公司回来以后，他就是这样庄严地宣称的，“三号大麻油，一等品，足够我们给整个团的人施涂油礼了。这个是一家殷实的公司，那里还卖油漆、干性油和小刷子。我们是不是还缺一个小铃铛？”

“我们必须要一路走一路摇，好让所有的行人向我们脱帽致敬呀，神父先生，要知道，我们是追随圣父并且带着三号大麻油行进的，从前都是这么做的。神父先生，如果您同意的话，我现在就去把它买来。”

神父点头表示同意，半小时后帅克就把铃铛拿来了。

在军医院里面有两个人盼望着举行涂油礼：老少校跟当过银行职员的预备役军官。他们并排躺着，并且都在喀尔巴阡山作战时腹部中弹。预备役军官的上级曾经向往过这种涂油礼，所以他认为，一个濒临死亡的人能够得到圣人们给自己举行的涂油礼，那就是自己的光荣。而作为一名属下，不让人家为自己行涂油礼，那不就是不遵守军纪了吗？很敬仰上帝的老少校十分机敏，他认为只要你相信祈祷就能够痊愈。可两人却在准备举行涂油礼的前天夜里死了。当第二天早上，军营神父带着帅克赶到的时候，这两位军人都蒙着白色的床单静静地躺在床上，他们与窒息而死的人有一样的面色。

“我们准备得特别有气势，神父先生，可现在却被他俩给毁了啊!”当办公室有人过来通知他们，说这两个人已经不需要这个涂油礼的时候，帅克非常的愤怒。

这倒是真的，他们弄得非常有气派：坐在马车上面，帅克摇晃着铃铛，神父则提着用餐巾包着的那瓶油，并且还一本正经地给脱帽行礼的过往行人祈神赐福。

其实真正向他们脱帽敬礼的人真的并不多，虽然帅克不停地摇铃，希望洪亮的铃声能招来更多的过往行人。

军营神父到办公室去结算涂油礼的费用，向军医院会计报账说道：“军事当局应该付给他一百五十克朗的路费和圣油费。”

为此军医院院长和军营神父发生了一场激烈的争执。神父几次用拳头捶着桌子说道：“院长先生，您怎么可以认为行涂油礼是不给报销的？就算是派个轻骑兵团的军官到养马场去领马，也得付给他路费的。尽管那两名伤员没等来行涂油礼，我为此真的感到很遗憾，不然您还得多花五十克朗。”

士兵们对在楼下警卫室里等着神父的帅克手里拿着的那瓶圣油极感兴趣。

有人认为拿这种油去擦枪和刺刀会是很不错的主意。

而这个时候，神父在楼上办公室碰到了一位“士兵宗教教育协会”的会员——一个老妖婆。她一大早就在军医院里四处转悠，散发她的那些圣徒照片，但是伤病员们全将它们扔进了痰盂。

她不仅四处走动，还不停地念叨着毫无意义的空话：“要真诚地反省自己的罪过，要坚决改邪归正，这样死后便可以得到亲爱的上帝对你们的永恒的拯救。”

她带着愤怒的表情告诉神父说，“这场战争不仅没有让士兵们变得高尚起来，反而让他们成了一群野兽。”此时，楼下的伤病员们对她做着鬼脸，说她是“假慈悲”。

她还大谈对士兵进行宗教教育的种种构想，有很多诸如此类的蠢话，很明显她是想拽住神父。可是神父却根本不理会她的问题，说道：

“我们回家，帅克！”他朝警卫室喊道。

“下次要再举行涂油礼，谁愿意去让谁去，”神父说，“为了每一个人都能获得被拯救的灵魂，还要去跟一些人在钱的问题上争吵不休。这些干会计工作的人真是糟糕，全都是浑蛋。”

当看到帅克手里拿着的那瓶“圣油”的时候，他皱了一下眉头说道：“帅克，我们用这瓶油来擦擦我们的皮鞋，很不错的主意，对吧？”

因此这场涂油礼还没有开始就结束了。

第十四章　帅克成为上尉的内勤兵

帅克的好日子没有过多久，悲惨的命运就将他和军营神父之间的友好关系割断了。如果说，之前，神父的为人让他觉得很可亲的话，那么，现在他的所有行为已经把他可亲的面罩毫无保留地揭去了。

军营神父把帅克卖给了卢卡什上尉，或者更确切地说，是在打牌时将他输给了上尉，就像过去的俄国卖农奴那样。事情发生得完全出乎意料，一天，卢卡什上尉家宴请宾客，宾客满座，于是就玩起了“二十一点”来。

军营神父将所有的钱输光了，最后他说：“我拿我的内勤兵作赌注，您愿意借给我多少钱？他可是一个大白痴，同时也是一个非常有趣的活宝，他很特别，这可以说是难得的东西，我敢打赌您绝对从没见过这样一个内勤兵。”

“那好吧，我借给你一百克朗。”卢卡什上尉建议说，“如果后天你不能还这笔钱，那么这件宝贝就是我的了。我现在的内勤兵简直糟透了，他是个古里古怪的人，而且每天不停地抱怨，总是不断地写家信，除此以外，竟然还敢顺手牵羊。我曾经痛打了他一顿，但似乎一点儿都不起作用。只要我一看到他，就敲着他的脑袋，甚至把他的门牙敲掉了几颗，可是依然没用，这家伙真的无可救药。”

“好的，那就这么说定了，”军营神父无所谓地说道，“后天，还不上你一百克朗，帅克就属于你了。”

最后他将一百克朗也输光了，失落地回到家。他清楚地知道，在这个期限内他绝对凑不够那一百克朗，事实上卑鄙无耻的他已经打算把帅克卖掉了。

“我真是笨，要是起先我说两百克朗就好了。”他有点后悔。在电车上面，他忽然有了自责、伤感之情。

“这件事我真的做错了，”他一面沉思着，一面按着自家的门铃，“我如何面对那双傻得可爱的善良的眼睛呢？”

“亲爱的帅克，”他进门的时候就说，“今天发生了一件非常奇怪的事情。我的牌运晦气到了极点。我将所有的钱都押上，因为我手里握有个爱司，然后又来了一个十，可是庄家手中开头只有个小伙子（J），后来他也凑成了（二十一点）。再后来，我抓到了几次爱司和十，可是不知道为什么，最后我的点数老是和庄家的点数一样。所以钱都输到庄家那儿了。”

他想了一下，说：“玩到后来，我把你也给输掉了。我将你当抵押，借了一百克朗，如果后天我还不上钱，你就归卢卡什上尉，就不再属于我了。我实在是很不好意思……”

“我这里有一百克朗，”帅克说，“我借给您。”

“快给我，”军营神父忽然精神起来，“我马上就给卢卡什送去。我实在是不想跟你分开。”

卢卡什看见军营神父回来，十分吃惊。

“我过来还你那笔钱了，”军营神父说着，神气十足地看了一下周围，“把牌拿过来，我们再压一注。”

“给我押上，”轮到军营神父的时候，他嚷了一声，“唉，只差一点儿，”他说，“我多出了一点儿来。”

“那么就再押，”赌到第二轮他又说，“押——不看牌？”

“二十点就算赢。”庄家说。

“我一共十九点，”军营神父神情沮丧地说，瞬间就把帅克为了赎身而借给他的一百克朗中的最后四十克朗也输给了庄家。

在回家时，军营神父认为这下肯定完了，再也没有什么能挽救帅克了，他是注定要服侍卢卡什上尉了。

帅克给他开了门后，他跟帅克说：“一切都没有用，白费劲，帅克，没有人能够违抗他自己的命运，我把你和你的一百克朗都输掉了。我真的已经尽力了，可是我违抗不了命运，只有把你送到卢卡什上尉的魔爪里了，我们真的该分别了。”

“是庄家钱下得大赢了您？”帅克非常平静地问道，“还是人家总是抢着先下注而赢了您的？牌不好是一定不行的，但有的时候牌太好了那就更坏。在兹德拉哈有一个叫维沃达的白铁工，他常常去‘百年’咖啡馆后面那个小店去玩纸牌。有一回，鬼使神差似的，他突然地说了一句：‘我们来玩二十一点，每次押五克朗怎么样？’于是就这样玩了起来。他坐庄，大伙儿全输了，然后赌注增到了十克朗。维沃达想要让别人也赢一把，因此他就念叨着‘小牌、坏牌’，可是就是不来。庄家大赢，赌注涨到一百克朗了。谁都拿不出这么多钱来押，他急得要死。除了那一句‘小牌、坏牌来我这’，别的都不说了。有一个扫烟囱的师傅输急了，跑回家里去拿钱。回来一看，赌注已涨过一百五十克朗了，他狠心地下了一注。维沃达不想再赢了，说宁愿一下子涨三十，只要不赢就行，可是事不随心，他又抓到了两个爱司，他装得很无所谓的样子，故意说：‘十六点就赢牌。’但是那位扫烟囱的师傅总共的牌加起来才五点，这能够说不倒霉吗？维沃达的脸色苍白，难过极了。周围的人便开始咒骂，并互相抱怨了起来。其实他确实是一个诚实可信、守规守矩的牌友，但他们非说他要花样，听说有一次因为他玩假牌还被狠揍了一顿。现在做赌注的克朗已越堆越高，已经高达五百克朗了。小店的老板手痒了，当时他手上正好有一笔要去啤酒厂买啤酒的钱。因此，他坐了下来，他先是押了两百，他眯着眼睛，还朝着幸运的这一方坐着，并且说‘庄家有多少钱我就押多少钱，开牌吧。’还说‘我们把牌都亮出来！’维沃达祈祷着让自己输。一开牌，亮出了一个‘七’，他下注了。这时小店老板的脸上露出了微笑，因为他已经有二十一点了。第二轮发到维沃达那里又是个‘七’，他也要了。‘现在再来个爱司或者别的！’小店老板尖锐地说道，‘我用我的头保证，维沃达先生，这次您肯定输了。’全场鸦雀无声，维沃达将牌这么一转，第三个七点就出现了。小店老板顿时面如白纸，这个是他最后的一笔钱了。他回店里去了。没多久，给他当过学徒的一个孩子跑过来，让我们赶快去帮他的老板先生把绳子割断，说他在窗户把手上面上吊了，我们及时过去才把他救活，经过这事大伙依然想继续赌。大家都输得身无分文了，全部都堆在了一直说‘小牌、坏牌我家来！’的维沃达这位庄家面前。他确实想超过二十一点好输掉，可是他必须把每张牌亮在桌上，因此无法作假故意输掉呀，以至于他的好运惊呆了所有在场的人。这时他们开始拿自己的债券来赌，几个小时以后，维沃达面前的钱都已经成千上万了。扫烟囱的师傅欠了庄家一百五十多万；刺德拉哈的送炭人欠庄家大约一百万；‘百年’咖啡馆的门房欠八十万；一位医学院学生欠两百多万。仅抽屉中用碎纸片写的借据就有三十五万克朗之多。维沃达用尽了所有办法，比如老是去上厕所，让别人给他抓牌，但等他一回来，人们告诉他，庄家又以二十一点赢了。他们换了一副新牌接着赌，如果是维沃达得了十五点，那么别人就只得十四点。大伙都气鼓鼓地看着他，其中有位铺石工骂得最狠，不管什么情形下，他都只押八克朗。他公开说，像维沃达这样的人就不应该活在世上，应该踢他、撵走他，把他像淹狗崽子一样淹死。您根本无法想象维沃达的那种绝望，最后他想出了一个办法，‘我去一下厕所，’他跟扫烟囱的说，‘您就替我抓牌吧，师傅！’他帽子都没有戴就跑出去，直接去米斯利柯夫街去报警，举报那个小店里有人在赌博。巡警们叫他先走，他们随后便到。当他一回到那儿就听说，他不在这的这段时间里面，那个医学院的学生输了一万多，门房输了三万多，他们已经写了五十万克朗的借据，放在抽屉里的钱盘子里。没多久，一伙警察进来，铺石工喊道：‘快逃命吧！’可是已经来不及了。警察没收掉了庄家的赌金，把所有人都押到警察局去了。因为拒捕，兹多列森的送炭人是被装入囚车里面押走的。‘实在是开了眼界了，’当警长看到庄家五亿多的债券和一千五百克朗的现金——这笔数目惊人的巨款时说：‘这可比蒙特卡洛厉害多了！’包括维沃达在内，大家都被关到了第二天早上。维沃达作为报案人而被释放了，依据法律规定，他得到了三分之一的庄钱作为酬金，大概是一亿六千多万左右，他高兴得像发了疯一样，一大清早就跑遍了整个布拉格去为自己订购能装这笔巨款的保险柜。这个才是常言道的‘牌运亨通’哩！”

之后，帅克去煮哥洛哥酒，深夜，帅克服侍军营神父上床睡觉时，神父流下了泪水，他痛哭着说：“我出卖了你啊，朋友，我没有良心地将你给卖了。你骂我或者打我一顿吧！我都可以接受。我把你扔给了人家让他任意使唤，我都不敢正视你。你捶我、咬我吧，将我撕碎了吧！我是不会得到什么好下场的。你知道我是什么吗？”

他将满是泪水的脸埋在枕头里低声说着：“我真是个没品德的下贱坯。”然后就像被抛进了水里一样发出呼噜声，熟睡了过去。

第二天早上，军营神父躲避着帅克的眼光出去了，一直到深夜才带着一个胖胖的步兵回来。

“帅克，”他说，依然躲闪着帅克的目光，“告诉他东西都放在哪里吧，方便他找，你教教他怎么煮哥洛哥酒。明天一早你就到卢卡什上尉那儿去报到。”

帅克教着这个新来的人煮哥洛哥酒。两人非常融洽地过了一夜。到了早晨，胖子步兵刚一起床，便哼起一些杂七杂八的民歌小调之类的东西，瞎唱一气道：“小溪绕着霍多夫流啊，我那亲爱的人在那边卖着黑啤酒啊，山啊，山啊，你是高又高啊，少女们走在公路上啊，农夫耕作在白山上啊……”

“我非常放心，”帅克说，“你如此有才能，一定可以在这里待下去的。”

接着，第二天上午，卢卡什上尉第一次见到了好兵帅克那张朴实、憨厚的脸。帅克向他报告说道：

“报告，上尉长官，我就是军营神父赌博赌输了的那个帅克。”

堂吉诃德的桑丘·潘沙算是什么人？我十分奇怪，实在饿急眼了？如果我们可以找到这一本书的话，那么我们就能够在书中读到一段阿尔玛威尔的公爵，他在托勒多围城的时候饿得难受，因此就将自己的内勤兵吃掉了的故事。公爵本人在自己的回忆录里也描写过这件事，并且还说他的肉十分鲜嫩，有嚼头，那个口味嘛，是介于鸡雏肉跟小毛驴肉之间的。

在古老的士瓦本人写的一本谈军事艺术的书中，我们也能找到规定内勤兵的一些条款。在古代，侍从之类的人员必须信奉宗教，必须虔诚、道德、诚实、谦恭、刚毅、勇敢、正直、勤劳……总之，一定是要成为他人的模范的。现在，这种典范的实质内容已经被很大程度地改变了。现代派的那一种“兵仆”既不虔诚又不道德，他们谎话连篇，欺瞒自己的主子，甚至可以把自己上尉的生活变成人间地狱。他们用各种阴谋诡计来使得主人的生活变得痛苦难堪。在新一代的侍从当中，很少可以找出那种富于牺牲精神的如同阿尔玛威尔的公爵善良的弗南多那样的，可以让自己的主人不放盐地就把自己吃掉。现在的事实是，各级军官们在跟自己的那些现代的内勤兵作拼死斗争的时候，还要想尽办法来维护自己的权威，这也称得上是恐怖统治的一种方式吧。1921 年，在史迪尔斯基的赫拉台茨，一位上尉一脚就踢死了自己的内勤兵。可是他当时就被释放了，那是因为他才做过两次这样的事。按照这些军官们的高见，内勤兵的命是一钱不值的。他们只不过是一样东西，他们的角色就是玩偶、奴隶，是什么都要会做的奴仆。在这种情况之下，奴隶们变得狡诈、诡计多端，那也就不奇怪了。这种人在我们这个世界上的境遇也许只能与旧时那些被人打后脑勺、用酷刑，以培养其自觉性的学徒们差不多。

可是也有例外，那就是当内勤兵得到军官主子的宠的时候。这样一来，对于全连甚至全营便是灾难。低于他主子军衔的人都要尽力贿赂他，因为他将决定着你请假是否可以被批下来。

宠儿们在战争年代时常获得很多不同的银质奖章，以用来彰显他们的刚毅勇敢行为。

比如：有一个内勤兵获得了一枚大银质奖章，原因是他擅长将偷来的鹅烤得香脆美味；另外一个得了一枚小银质奖章，是因为他用他故乡经常邮寄的美味佳肴的包裹让他的主子在那最饥饿的年代也吃得大腹便便、难以行走。

而他的主子认为发给他奖章的理由是：

“在战场上英勇奋战，将个人生死置之度外，在敌军强大炮火攻击之下，一直都护卫自己的军官。”

其实他那个时候正在后方某个地方掏鸡窝。战争改变了内勤兵与主子的关系，而士兵却最恨内勤兵。当五名士兵才分到一听罐头的时候，一个内勤兵常常可以是一个人一听。他的行军壶里装的满是罗米酒或白兰地，每天不是吃巧克力，就是啃军官们才能吃的甜面包干，他们抽自己主子的香烟，吃罗米酒或白兰地，烹煮美味佳肴，还穿十分体面的衣衫。

军官的内勤兵和军官的传令兵的关系非常密切。内勤兵将桌上大量残羹剩饭和他所能享受到的其他所有优待都留给了传令兵。再加上一名司务长，这样就组成了一个三人小组。这个三人小组和军官们生活在一起，关系亲近，因此一切的军事行动和作战计划他们都了如指掌。

假如班长和连长的内勤兵的关系比较亲密，那么他那个班的消息也就比别的班灵通多了。

如果内勤兵说“我们将在两点三十五分撤退”，那奥地利士兵将分毫不差地准在两点三十五分开始和敌方脱离接触。

军官的内勤兵和战地炊事班的关系也很密切，他最愿意在行军锅旁边转悠，就像是在饭馆里面盯着摆在自己面前的菜谱点菜一样。

而内勤兵却又是最胆小的丑角色。当敌机轰炸阵地的时候，他吓得心脏都要掉到裤裆里去了。这个时候，他带着自己及主子的行李躲藏到最安全的掩体里面，拿毯子包住自己的脑袋，让手榴弹炸不到他。这个时候，他什么都不指望了，一心盼望他的主子能够中弹受伤，这样他就可以和他一起回到安全的后方。

他那长期经验培养出来的慌恐的样子还带有一丝故弄玄虚。“我觉得，他们好像要拆电话了。”他一本正经地跟班里的人说。当他说“已经拆完了”的时候，那么他感觉就是幸福的人了。

他最喜欢的就是撤退。只有在这个时候，他才能忘记手榴弹和榴霰弹在头上的呼啸声，不知疲惫地扛着行李朝参谋部跑，因为那里停留着辎重车队。他十分喜欢奥地利军队的辎重车，愿意坐这样的车撤退。就是在最糟糕的状况下，他也能够乘坐到双轮救护车。假如他只能徒步行军，就会没有精神，好像换了个人似的。遇到这种情况，那么就对不起了，他只会背自己的财物上路，把自己主子的行李丢在战壕里。

如果军官为了不当俘虏而逃跑，他却当了俘虏，他会将自己主子的行李也一起带上。这样一来，他日夜期盼的这份财物就属于自己了。

我曾经见到过一个被俘虏的内勤兵，他和别人一起从杜布诺步行到基辅附近的达尔尼采。除了自己的行囊以外，他还带着自己的主子的行囊：五个大小不同的手提箱、两床被子跟一个枕头以及头上顶着的那些行李。他还抱怨哥萨克人偷走了他两只箱子。

我永远都会记得这个人，带着如此沉重的一大堆东西，他就如同一辆活的运输车，很费力地穿越了整个乌克兰。我真的无法想象，他怎么能够带着这么些东西跋涉数百千米，一直到了塔什干，依然目不转睛地看守着这些东西，直到在战俘营里面患了斑疹伤寒，趴在自己行李堆上面死去为止。

现在，内勤兵已经遍布我们整个共和国，到处散发自己的英雄事迹，吹嘘他们攻打过索卡尔、杜布诺、尼什和皮亚韦河，简直都成了拿破仑。“我已经和我们的上校说了，让他给参谋部打个电话，然后就可以开始行动。”

他们大多数都是些反动分子，士兵们都恨死他们了。有一些人还喜欢打小报告，当看见有人被绑走的时候，他们总是可以感觉到非常快乐。

他们已经演变成了一个特殊的阶层，他们的利己主义已达到了无可救药的地步。

卢卡什上尉是摇摇欲坠的奥地利王国现役军官中的一个典型人物，士官学校把他训练成一种两栖动物。众目睽睽之下，他的嘴里说的是德国话，下笔写的也是德文，可是他读的却是捷克文的书。每当他给一批纯正的捷克籍的一年制志愿兵军校学生讲课的时候，就会用一种体己的口气对他们说："我和你们一样是捷克人，但没必要让每个人都知道这点，就算知道了也没什么。"

他把捷克国籍看成一种秘密，自己离它是越远越好。

除此以外，他的人倒还好：并不惧怕自己的上司，操练时对士兵也很关照。他要求的只是在板棚里面找一个舒适的住处。他还常常从微薄的薪俸中拿出点儿钱来给自己的士兵们买桶啤酒什么的。

他喜欢士兵们行军的时候高唱着进行曲。不管是出操还是收操，士兵们都是一定要唱歌的。他也在旁边一起走着，和他们一起高唱：

当夜深人静，

燕麦从口袋中倒出，

砰砰啪啪声响彻夜空。

士兵们十分喜欢他，因为他是一个非常公正的人，不会总是虐待别人。

上尉睡觉去了，帅克就躺在厨房的沙发上翻阅着上尉从兵营里带回来的报纸。

"看，还满有意思的，"帅克浏览着当天的新闻要目自言自语道，"苏丹国王授予了威廉皇帝一枚战功章，可是我混到现在，一枚小银章都没有。"

他忽然想起了些什么，立刻从沙发上跳起身来："我差点忘了……"

帅克走到上尉的卧室，此时上尉睡得正香。帅克叫醒他说：

"报告，上尉长官，您还没有给我下达如何惩罚那只猫的指令呢！"

上尉翻了一个身，迷迷糊糊地说着："关它三天禁闭吧。"然后接着睡了。

帅克轻手轻脚地走出了卧室，从沙发底下拖出了那只可怜的猫，对它说："现在关你三天禁闭，解散！"

然后，那只安哥拉猫又爬回沙发底下了。

在通往城堡石级旁边的小城广场的一个角落里，有一个很小的啤酒馆。这天，在昏暗的灯光之下，一名士兵和一个老百姓，坐在酒馆后排的座位上面。两人坐在一起神秘地交谈着，看上去有点像威尼斯共和国时期的阴谋家。

“每天的八点钟，”那个老百姓对士兵帅克细语道，“女仆带着它经过哈夫利契科沃到公园里去。谁都不敢摸那畜牲，它十分凶狠，还喜欢咬人。”

他又往帅克那边挨了挨，对着他的耳朵说道：

“它从不吃香肠。”

“那油炸的呢？”士兵问道。

“也不吃。”

他们俩同时吐了一口唾沫。

“那这个畜牲究竟吃什么呢？”

“谁知道！这些狗都是被惯养的，惯得活像一个大主教。”

两个朋友又一次碰杯。帅克入伍以前的贩狗生意，就是由布拉赫涅克提供狗的来源。他可以说是这门行当的专家。听说他从剥死畜皮的商人那里私下买来了一些有毛病的狗，然后再拿去别的地方卖掉。有一次他甚至得了狂犬病，在维也纳的巴斯特乌尔狂犬病研究所住了一阵子。现在他觉得自己有责任不计酬劳地帮帅克这位士兵的忙。他对整个布拉格及周边地区的狗都很熟悉，他说话时这么轻声细语，是不希望让啤酒馆的老板有所发现。因为半年前他就是从这家小酒馆将一只达克斯小狗揣在大衣里带走的，他用婴儿用的奶瓶来给它喂牛奶，这愚蠢的狗崽儿明显把他当成了妈妈然后很听话地一声不吭地待在他的大衣里。

原则上来说他只偷纯种狗，其实他可以为法庭做鉴定人。他为全部狗市和一些私人提供货源。如果他走在街上，那些从前他偷过的狗会对他发出生气的叫声。如果他在橱窗前站着，经常会有一条怀恨在心的狗在他的背后抬起一条腿来，向他裤子上撒泡尿。

第二天早上八点，好兵帅克在哈夫利契科沃靠近公园的拐角处散步。他在等着看那位牵着看马狗的女仆。她终于来了，一只毛发蓬松、有着蓝黑色眼睛的胡子狗从他的身旁跑过。跟所有解过大小便的狗一样，它快活地追赶着在街头啄食马粪当早饭吃的麻雀。

一个把发辫盘在头上的老姑娘在看管着这只狗。她对着狗打着呼哨，手上转动着牵狗的链子和一条精致的短柄皮鞭。她从帅克的身旁走过。

帅克和她交谈起来。

“请问小姐，到日什科夫怎么走?”

她停下来看了他一眼。帅克那副善良的面孔让她相信这名士兵真是要去日什科夫的。她脸部的表情也变得温和了起来，高兴地指给他如何去日什科夫。

“我是不久前才调到布拉格的，”帅克说，“我是从乡下来的，并不是本地人，您呢?”

“我是沃德尼人。”

“我们离得并不远，”帅克回答说，“我是普洛季维人。”

帅克在一次军事演习当中学习的一点儿捷克南部的地理知识派上了用场。一种家乡的亲切感温暖着这位老姑娘的心。

“那您认识普洛季维集市广场上开肉铺的贝哈尔吗?”

“我怎么可能不认得他！那是我的哥哥。我们故乡的街坊邻居都夸奖他，”帅克说，“他为人很热心，愿意帮人的忙，卖的肉也货真价实。”

“那您就是雅列什家的人啰?”这位老姑娘问道，她开始喜欢上了这位偶遇的士兵。

“当然啰!”

“您是哪一位雅列什的儿子？是住在普洛季维区格尔契那一位还是在拉希采的那一位?”

“拉希采的那一位。”

“他还是以卖啤酒为生吗?”

“是的，依然在卖。”

“他差不多有六十好几了吧?”

“到今年开春他整六十八了，”帅克十分自然地回答道，“他现在养了一只狗，生活过得很好。这条狗陪着他。就跟这里追赶麻雀的那条狗一样，是条漂亮的狗，很好看的狗。”

“这是我们家的狗，”他的这位新交上的女朋友跟他解释说，“我在上校先生家干活。您可认得上校先生?”

“认识。那是一位非常优秀的知识分子。我们布杰约维策也有这样一位大尉。”

“我们先生很厉害的，最近听说我们在塞尔维亚打输了，他很生气地回家，然后把厨房里所有的盘盘罐罐都砸了个粉碎，还想把我赶回乡下。”

“原来那条狗是您家的呀，”帅克打断她的话说，“遗憾的是我伺候的上尉长官什么狗都不喜欢。可是，我却满喜欢狗的。”他想了一会儿忽然说：“每条狗的口味都是不一样的。”

“我们的沃卡瑟是非常挑食的，有一段时间什么肉都不吃，但现在吃了。”

“那么它最喜欢吃什么呢？”

“肝，煮熟的肝。”

“是猪肝还是牛肝呀？”

“那倒是不怎么挑。”帅克的“女老乡”微笑地说着。

他们便这样溜达着。那条已经拴上了链子的看马狗也参与了进来。它对帅克非常的亲热，还想隔着嘴套去拉帅克的裤脚，还不断地往他身上蹦跳。可是突然间，它仿佛是看出了帅克的意思，它停止了蹦跳，茫然地走开了，还斜眼瞄着帅克，仿佛是说：“原来你对我不怀好意，是不是？”

这位女仆还跟帅克说，她每晚六点总是牵着狗来这儿散步，还说她不信任任何一个布拉格的男人。有一次她在报纸上登了个征婚启事，有一个锁匠来应征，想要和她结婚，却骗走了她八百克朗，是以要拿去开发一种新产品为借口的，之后就消失了。她觉得还是乡下人比较诚实可靠。如果她决定嫁人的话，就一定要嫁给乡下人，可一切都要等战争结束后再定。这个时候结婚简直太愚蠢了，因为这些女的必然要守寡。

帅克给了她十分大的安慰，并保证说他六点也一定来。然后他就走了，立刻去向他的朋友布拉赫涅克汇报。

“那么，我就喂它吃点牛肝，”布拉赫涅克决定，“我从前用这种肝从维德拉厂主那儿捉到过一条圣伯纳狗，那的确是一只非常忠实的好狗。不要担心，明天我一定会顺利地把它弄来。”

他很守信用。下午的时候，帅克刚清理完屋子便听见门外有狗叫声。布拉赫涅克牵着一条性子很拗的看马狗进屋来了。这只狗的毛竖得直了起来，它凶悍地睁着眼睛，那眼神是如此乖戾，就像是一只关在笼中的饿虎，死死盯着笼子面前站着的来动物园观光的看客。它呲着牙齿，嗥嗥地咬着，似乎在说：“我要将你们撕裂，吃掉你们！”

他们将狗拴在厨房的桌边，布拉赫涅克开始讲他弄狗的过程。

“趴下！”他朝那不幸的动物嚷道。那狗又趴下去了，苦苦地嗥叫着。

“血统证明书上面我可以给它填个怎样的名字？”布拉赫涅克问道，“它从前叫个什么沃卡瑟，就填个很像的名字吧，它很快就能够听懂的。”

“那么就叫它‘麦克斯’吧！你看，布拉赫涅克，它的耳朵都竖起来了。站起来，麦克斯！”

这只连家带名字都失去了的可怜的看马狗站起了身来，等待下面的命令。

“我们放开它吧，”帅克决定道，“我倒要看看它想怎么样。”

当它被放开以后，第一个动作便是冲向门口，对着门把手短促地唤了三声，仿佛是表示信赖这些恶人的恩赐吧。当它发现到他们根本没有把他放出去的意思的时候，便在门边撒了一泡尿。它以为这下就会被赶出去了，就如同小时候一样，他们便是这样惩罚它的，上校按照军队里“要利索”的要求来训练它。

帅克不但没让它出去，并且还说：“它真是滑头，跟耶稣会分子一样。”并且用皮带抽了它一下，还将它的鼻子浸泡在尿坑里，以至于它连嘴唇都来不及舔。

面对着这样的凌辱，它嗥叫了一会儿，继续在厨房中跑来跑去，绝望地嗅着自己的脚印，突然好像又改变了主意，跑到桌子边，将仅有的那一小块熟肝也吃掉，然后就在壁炉的旁边躺下，昏昏地睡去，结束属于它的这一冒险历程。

“你花费了多少钱？”布拉赫涅克临走时帅克问他。

“算了吧，帅克，”布拉赫涅克温和地说，“为了老朋友，我什么都可以做的，何况是你又入了伍。好了，再见吧，小伙子，你可千万别把它带到哈夫利契科沃去，以免引起麻烦。如果你还需要什么狗，打声招呼就可以了，我一般在什么地方出没，你也知道得一清二楚。”

帅克让麦克斯好好地睡了一个大觉，他到肉铺店去买了半斤肝，煮熟了，等麦克斯醒来以后，便给它一块热乎乎的肝闻闻。

麦克斯睡醒以后，舐了舐自己身上的毛，伸了一下懒腰，又嗅了嗅那块肝，便一口吃了下去。然后它走到门边，努力着试了试门把手，想把它打开。

“麦克斯，”帅克叫道，“过来!”

那狗小心地跑过去。帅克把它抱到膝上抚摸着它，麦克斯第一次朝他友好地摇了摇那剪剩下的一节尾巴，并轻轻地挠了挠帅克的手，然后紧紧地用爪子将它抓住，很机灵地看着帅克，似乎是说：“事情已经是这样了，我知道我唯一的出路就是认输。”

帅克继续地抚摸着它，用一种十分温和的声音告诉它：

“从前有一只小狗，它名叫沃卡瑟，生活在一个上校的家里。一天，女仆带着它出去溜达，有位先生便把沃卡瑟偷走了。沃卡瑟被送到了部队里的一个上尉那里，给它取名叫麦克斯。麦克斯，将前爪伸出来！看，你这个畜牲啊，如果你乖乖的听话的话，那我们将会成为好朋友。否则，部队里严明的纪律会让你难以消化。”

麦克斯从帅克膝上蹦下去，绕着帅克欢快地扑腾着。傍晚时，上尉从兵营回来，帅克和麦克斯已经成为好朋友了。

帅克看着麦克斯，心中产生了一种富于哲理性的想法：“回过头看看我们自己的经历吧，实际上每个士兵也是从各自的家里被偷的。”

卢卡什上尉看到麦克斯后露出非常吃惊的表情，麦克斯一看到身挎腰刀的人也格外快活。

上尉接着就问到狗是从哪里来的、花了多少钱，帅克若无其事地回答说是一位刚刚应征入伍的朋友送的。

“太好了，帅克，”上尉一边说，一边逗着麦克斯，“为了要奖励你弄到狗的功劳，我下月一号发给你五十克朗。”

“我无法承受如此大的奖励，上尉长官。”

“帅克，”上尉严肃地说道，“你来给我做事的第一天我就跟你讲过，你一定要服从我的每一句话。我说要给你五十克朗，你就必须要收下，还要拿去好好挥霍一通。帅克，你准备拿这五十克朗干些什么呢?”

“报告，上尉长官，我服从您的命令去挥霍它一通。”

“帅克，假如万一我忘记给你这五十克朗，你一定要记得提醒我，因为这只狗，我就该给你五十克朗，记住了吗？这个狗有跳蚤吗？先给它洗个澡，再梳梳毛吧。明天我要值班，而后天我就可以带着它出去散步了。”

当帅克给麦克斯洗澡时，那位大尉——它原来的主人正在家里面暴跳如雷，他威胁着说如果抓到了偷狗的人，一定要把他送到军事法庭，将他枪毙，还要把他绞死，关他个二十年，并将他剁成碎块。

“让魔鬼抓走你这个混蛋吧。”大尉在屋子里歇斯底里地吼着，以至于窗户都在抖动，“你这个混蛋，我一定要让你下地狱不可。”

一场灾难正在帅克和卢卡什上尉头上酝酿着。

第十五章　灾难来临

弗里德里希·克劳斯上校的确是一个名副其实的大蠢猪，他还有一个贵族的称号，叫冯·齐勒古特。事实上，冯·齐勒古特就是索尔堡周围一个村庄的名字。早在18世纪时，他的祖辈在那儿靠抢劫发了家。克劳斯大尉每说到一些普通事情时，总要不时地提出非常容易的名词来质问他的听众是否理解。比如说：“看，这是窗子，是的，是窗子，可是各位，你们知道什么叫作窗子吗？道路，那就是夹在两道沟之间的路，也可以叫作公路。是的，可是各位，你们知道什么叫作沟吗？沟就是被众人挖出来的一条凹而深的渠道。是的，沟是用铁锹挖成的。那你们知道铁锹又是什么东西吗？”

在大家眼中，他的这种状态被解释为一种狂热症。细说起来那便是摇头晃脑，就像是发明家讲述自己的发明创造那样说个没完。

“这书本嘛，各位，就是由上面印了字的四开的纸张汇集在一起，再装订黏合而成的。各种书的大小开本也都是不同的。是的，各位，你们知道是什么黏胶吗？黏胶也就是胶。”

他真是太蠢！军官们都离他远远的以免听他唠叨人行道就是人步行之

道，并不同于车行之道，或者人行道是沿着房子的正面所筑的高出车行道路面的一长条石子路；而房子的正面就是我们在街上或人行道上所见到的那一面，在人行道上面我们是看不见房子后面的，这一点我们只要走到车行道上去便可以获得其验证。

他还兴趣盎然地想要给人们做现场表演，差点儿被车子压死。他真是蠢到了家。他常常把军官们拉住，不停地要和他们谈诸如油煎蛋饼、大肠、温度表、油炸馅饼、窗子和邮票之类毫无任何意义的琐事。

在演练的时候，他带的那个团常常干出一系列让人哭笑不得的事来。他永远都不能准时到达指定的地点，却要领着一团人以纵队队形朝敌方的机枪点挺进。几年以前，一次皇家军队在捷克的南部演习，他们全团都迷了路，后来却出现在了摩拉维亚。当整个演习结束了的时候，士兵们都已经在营房里面躺下休息了，他却还在那边多走了好几天。可即使如此，他同样仕途得意。

因为他和军长、将军以及旧奥地利的另一些蠢得绝顶的军官的交情使他获得了各式各样的头衔和奖章，这些奖励又使得他感到无比的荣耀与自豪，甚至让他以为自己是全世界最优秀的军人，是战略理论乃至一切军事科学方面的理论家。

团队检阅的时候，他总是喜欢和士兵们聊同一个问题：

“为什么我军使用的枪叫作曼利海尔枪?”

所以他在团里有了一个“曼利海尔蠢材”的称号。他有着非常强的报复心理，时常打击讨厌他的下级军官。如果他们中有人申请结婚，他就会在申请书上写不好的介绍转交上去。

其实，他还是个一无是处的傻大个儿。早在年青的时候，他便因此被他的竞争者切掉了一半的左耳朵。

如果针对他的智商进行一些测试分析的话，那我们肯定会认为：他并不比那个众所周知而又声名狼藉并且长着一张畜生嘴巴的蠢货——汉堡公民弗兰西斯·约瑟夫强多少。

他的谈吐十分的低俗，用词是那么天真可笑。有一回在军官餐厅举行的宴会上，大家谈论的话题是席勒，可我们这位克劳斯·冯·齐勒古特大尉却发表了一通与席勒无关的谈话：“各位，我要跟你们讲，我昨天看到了一架由火车头来拉动的蒸汽犁。请你们想一下，先生们，以火车头来拉动，并且还不是一台机器，而是两台。我看见远处冒起了烟，因此便走近去一看，原来，这边有一个火车头，而那边还有一个。先生们，你们说这是不是十分奇怪？要用两个火车头过来拉，仿佛一个还不够用的。”

他稍停顿一会儿，接着又简短地说了几句：“我昨天还看到一辆汽车的汽油用完了，它只好停了下来。事后，人们还在那里胡扯一通什么惯性呀。先生们，车子不能开了，抛锚了啊，不动了啊，是由于它没汽油了嘛。难道你们不觉得很可笑吗？”

他虽然愚蠢，但是很虔诚。他的房间里放置了一个家用讲坛，他还常常去伊克纳茨教堂忏悔并且领圣餐。他把基督教和有关日耳曼的霸权主义的梦想混为一谈。自从战争爆发以后，他就常常祈祷着德奥军队的胜利。他觉得上帝应该帮助战胜国去掠夺别国的领土和财富。

而每当他在报上看到又俘虏了敌军，就十分的生气。

他常常说：“为什么要俘虏他们呢？都杀掉就算了，别留情面，使他们的尸体堆成墙。将塞尔维亚的老百姓全部活活烧死，见到小孩就用刺刀捅死！”

他的这种想法跟德国诗人维罗尔特真是不谋而合，那个家伙在战争期间发表了一首诗，警告德国本着铁石心肠去憎恨和杀戮千百万个法国魔鬼：

使人们的尸骨堆积成山，

使焚烧肉体的火焰直冲云天……

卢卡什上尉在一年制志愿兵军校上完课以后，便牵着麦克斯要出去散步。

“请要我提醒您，上尉长官，”帅克无微不至地说道，“您得当心这只狗，可不要让它给跑掉了。您如果给它松了绳子，它便会逃跑。我还要提醒您别带它经过哈夫利契科沃广场，那里的马利扬斯基·奥布拉斯老铺子里的一个屠夫养了一只恶犬，特别喜欢咬人，包括生狗，只要那里一出现生狗，它就会很嫉妒，担心那只狗会吃掉它的什么东西。它和哈什塔教堂行乞的那些个乞丐一样霸道。”

麦克斯一直兴奋地乱蹦着，它蹿到了上尉的脚跟，将皮链索跟上尉的那柄腰刀缠在了一起，就要被带出去散步了，它显得十分兴奋。

他们离开了。卢卡什上尉牵着狗去了壕沟街。他要到大尉街拐角处去跟一位预约的夫人碰面。一路上走着他脑子里还思考着公事：明天给那些志愿兵们讲些什么；为什么高度一定要按照海拔来测量；怎么样去确定一座山的高度，如何根据海平面来确定一座山从山底到山顶的简单的高度；真讨厌，陆军部为什么要把这些乱七八糟的东西编进教材里，炮兵学学这个还是挺实用的。再说了，而且还有总参谋部的地图，如果敌人抢了“三一二”高地，那就没时间想为什么这座山的高度要按照海拔来测量，也没有时间测量这山到底有多高。只要一查地图不就全部都解决了嘛。

快到大尉街的时候，一声严厉的“站住!”将他的沉思打断了。

而同时，那只狗也拼命地想要挣脱套在它身上的皮链，奋力地叫着想扑向喊“站住”的那个人。

站在上尉面前的人正是克劳斯·冯·齐勒古特大尉。卢卡什上尉行了一个军礼，对着大尉抱歉说自己一时疏忽，没有看到他。

克劳斯上校在军官中一向以绝不饶恕有违军纪的人而闻名。

他将行军礼看成是关系到战争的成败，并将之当作建立整个军队权威的基础。

“作为一名军人一定要把自己的整个灵魂注入到军礼上。”这是他时常说的一句话。他还认为，军礼当中含有一种妙不可言的军事神秘主义。

他还特别地强调，凡是向上级敬礼的每一个军人都一定要依据条例规定的细节，准确而严格地行军礼。

凡是从他身边走过的军人，从步兵到中校他均要严格审察，而对于那些行礼马马虎虎的人，比如随便说声“您好”似的用手在帽檐边碰那么一下的士兵，他会把他们亲自送到兵营里去受惩罚。

“没有看到”这话对他来说没有什么意义。

“一名军人，”他常常说，“应该每时每刻在人群中注意自己的上司，什么都不要想，只要一心想着怎么履行军纪中为自己规定的一切职责就行。就算在战场上倒下，临死的时候，也应该要行一个军礼，凡是借口不行礼或者是随便行礼的人，在我看来便是违纪行为。”

“上尉先生，”克劳斯上校用一种威胁的口气说道，“下级看见了上级要行礼，这一个规矩我相信还没有废除，这是第一；第二，从什么时候开始军官先生们养成了牵着偷来的狗满大街闲逛的习惯？没错，我说的就是偷来的狗，一条属于他人的狗，这就是偷来的。”

“这条狗……上校长官？”卢卡什上尉刚张嘴。

“它是我的，上尉先生！”上校野蛮地打断了卢卡什的话，“它是我的沃卡瑟。”

而这只叫沃卡瑟或麦克斯的狗认出了原来的主人以后，就完全抛弃它的新主人，它蹦蹦跳跳地扑向上校，高兴得就像一个热恋中的高中生从他意中人那儿得到了首肯和理解一样。

“牵着偷来的狗闲逛，上尉先生，这个有伤军官的颜面，难道你不知道吗？一名军官必须要在买狗之前先确定这只狗是否会引起严重后果。”上校一面抚摸着沃卡瑟——也就是麦克斯，一面继续咆哮着，而这只沃卡瑟——麦克斯也反目对着上尉龇牙咧嘴、嗥嗥地叫着，仿佛在对上校说：“把他带走，而且要严厉地处罚！”

“上尉先生，”上校继续说道，“牵着一条偷来的狗，你认为对吗？难道你没看见我在《波希米亚报》和《布拉格日报》上面登载的丢失一条狗的启事吗？连上级登的启事你居然都不读？”

上校变得十分愤怒。

“真是的，如今这些年轻军官都成什么样了，没有一点纪律观念。上校登出的启事，上尉居然都不读！”

卢卡什上尉一边望着大尉的络腮胡子（这使他想到了猩猩）一边想着：“哼，这个老不死的家伙，我要是在他的下巴上打两拳那才解恨呢。”

“到这边来。”上校说道。接着两个人并肩走着，进行了一段十分友好的谈话。

“上了前线，上尉先生，千万别再做这种事啰。在后方牵着偷来的狗散步也一定不好受吧！的确也是，带着属于你的上级的狗出来逛街，而且是在每日里都有成百名军官在战场上牺牲的时候，而且都不看启事。我的寻狗启事可能登上一百年、两百年、三百年都不会有人看。”

上校大声地擤了一下鼻子，这是他特别气愤的表现，接着他说道：“你可以继续去散步。”他没好气地拿鞭子抽了一下自己的军大衣下摆，掉头走了。

卢卡什上尉刚走过另一条人行道，又听到了一声“站住!”上校这次拦住的是一个不太走运的预备役士兵。那名士兵因为正思念自己家里的母亲想得出神而没有看到他。

上校亲自将他带到兵营去受罚，路上一边走一边还大骂他是一头笨驴。

“我要怎样来惩治帅克那家伙呢?”上尉想着，“我要打烂他的嘴巴，这还不够解恨。就是把他撕成碎片对他这个痞子、浑蛋也是轻的。”此时他已经把和那位夫人约会的事忘得一干二净，气冲冲地直奔家去。

“我要把他杀了，这个兔崽子!”他一边说着一边登上了电车。

此时帅克和从兵营里来的传令兵谈得正高兴。那名士兵送来了几份需上尉签字的文件，现在正在那里等着。

帅克请他喝咖啡，两个人一块儿谈论着奥地利一定会战败的事。

他们两个引经据典，谈得很融洽，还运用了一堆格言。如果他俩的谈话被传出去，他们所谈的每一个字眼都可以以卖国罪论处，两人一定会被绞死。

“陛下先生是越来越愚笨，”帅克声明，“他本来就不聪明，这一场仗打得他更加呆傻了。”

“他根本就是个白痴，”那个传令兵十分肯定地说，“笨得像是个木头人，他可能根本不知道现在正在打仗，也许是人们不好意思告诉他。他在给他的民族贴出的宣战书上面签的字，也许算是一种欺骗行为。一定是在他头脑不清醒的时候印出来的，他已经完全没脑子了!”

“他已经彻底完蛋了，”帅克以行家的口气补充道，“大小便失禁，就连吃饭都像小孩一样需要人喂。前些时候我听酒馆的人说，他有两个奶妈呢，每天要给陛下先生吃三次奶。”

“唉，都到了这地步了，”兵营里来的传令兵叹了一口气，“不要让我们再遭难了，希望奥地利有朝一日获得安静和平。”

他俩就这样一直高谈阔论，最后帅克对奥地利大发牢骚：“这个样子的专制王朝，根本就不应该存在于世上，”然后又为自己这句箴言似的话语补了一句，“只有我奔赴战场，它才会灭亡。”

而说到战争，兵营里来的传令兵提到他今天在布拉格听到的消息，说在纳霍特就已经听到了炮声，俄国沙皇快攻打到克拉科夫城了。

然后两人又谈到如何将他们的粮食运到德国使德国的士兵们有烟抽、还有巧克力吃。

然后又谈到了古代战争，帅克还认真地说道，将装满粪便的坛坛罐罐扔到被围困的城堡中去，在一派臭气冲天当中作战同样是件很恶心的事。他还曾在一本书上读到过：有一座城堡被困长达三年，在这期间，敌军什么事情都不干，每天就把这种装满屎尿的罐子扔到被围困的城堡里，要让他们恶心。

如果他们的谈话没被卢卡什上尉的回来所打断，他们还会津津乐道地发表一些很有意义的类似的宏论。

上尉非常凶狠地瞪了帅克一眼，在文件上面签了字，然后把传令兵赶走便吩咐帅克跟他到房间去。

上尉坐在椅子上并且他的两只眼睛冒着火光，一直盯着帅克，考虑着这场“屠杀”该如何开始。

“我先打他几个嘴巴，”上尉寻思着道，“然后打烂他的鼻子，再扯下他的耳朵来，完了以后再狠狠地揍他一顿。”

但出现在他面前的却是帅克的那双温柔、坦然的眼睛。帅克甚至还打破这暴风雨前的平静说：“报告，上尉长官，您的猫也死了。它吃掉了一盒鞋油，结果死掉了。我已经将它扔到旁边那个地窖里了，想再找一个既听话又漂亮的安哥拉猫可不是件简单的事。”

“我该拿他怎么办呢？”上尉脑子里闪出这个问题，“我的上帝呀，他真的是一个纯粹的白痴、傻瓜！”

帅克的那双纯真、温柔而又坦然无忧的眼睛里继续闪耀着一种温存而美好的光芒，露出了一抹坦然的神情，仿佛一切都很正常，似乎什么都没发生过一样。并且即使发生过什么事，现在也都已经风平浪静了。

卢卡什上尉跳了起来，可是他并没有按他原来所设想的那样去打帅克，而只是在帅克鼻子底下挥动拳头，咆哮道：“帅克，那条狗是你偷的，是不是？”

“报告，上尉长官，关于这件事情，我根本不知道。上尉长官，请您听我解释一下：下午是您牵着麦克斯去散步，我怎么会偷它呢？您没有把它带回来，我也正纳闷呢，我马上想到一定是发生什么事了。这便是人们常说的‘有问题’。焦街有位做提包的师傅叫古勒什，他就不敢牵着狗出门去散步，免得它丢失。他一般都是把狗放在酒馆里，但结果依旧被人偷了，或者被人借去不还了……”

“你这个畜生，帅克，猪猡，你给我住嘴！假如你不是一个彻底的流氓，那么就是一只地道的笨骆驼、双料大智障。你可真是够厉害的，我可告诉你，你别在我面前要这套把戏。你从哪里弄来的那条狗？怎么弄来的？你可知道这是我们上校的狗吗？很不巧，今天我们偶然见面，他把那条狗带走了。你知道吗？这是天底下最丢人的事，你知道吗？告诉我实话，是不是你偷的？”

“报告，上尉长官，我没有偷。”

“那你知不知道这只狗是偷来的吗？”

“是的，报告上尉长官，我知道它是偷来的。”

“天哪！帅克！我的老天爷呀！我要杀了你！你这个浑蛋！你这个下流坯！你这头阉牛、臭尸！你这个不开窍的笨瓜！难道你真是个大白痴吗？”

“是的，报告上尉长官，真是个大白痴。”

“你为什么要给我弄一条偷来的狗呢？你为什么把那个害人的畜牲弄到我家来呢？”

“为了让您高兴啊，上尉长官。”

帅克那温和、善良的眼睛一直盯着上尉的脸，上尉被气得晕在了椅子上，叹了一口气说：“天哪，我到底造了什么孽，上帝为什么要安排这么个畜生来惩治我呀！”

上尉一言不发、安静地坐在椅子上，他感觉连卷一支烟的力气都没有了，更别说打帅克一耳光的力气了。他面无表情地派帅克去买来《波希米亚报》和《布拉格日报》，给他念上校的“寻狗启事”。

帅克将报纸买来后，翻开登有寻物启事那一页，放在面前。他满面红光，并且以极快活的口吻报告说：“上尉长官，上校长官把他那只丢失的看马狗描绘得可真是神气，读起来肯定过瘾。他竟然出一百克朗奖赏把狗交来的人，赏钱真够多，通常别人五十克朗就足够了。科希什有个叫博日捷赫的人就以这个为生，他总是先将别人的狗偷走，然后到报上去找寻狗启事的广告，找到后他再把狗送回去。有一回他偷到一只非常漂亮好看的黑狮子狗，因为失主一直未登启事，他竟然自己去报上登了拾狗启事，还花了五克朗的广告费，终于有位先生前来认领，说这条狗正是他丢的。他原本认为找也是白费力气，因为他已经不再相信还会有所谓的老实人，可是如今他却遇到了老实人，他特别高兴地说道：'我原则上是反对奖赏这方面的老实人，但我要把自己的一本有关在室内和花园里养花方法的书赠给你留作纪念。'我们那可爱的博日捷赫却突然提起黑狮子狗的两条后腿，狠狠地砸向那位先生的头，并且非常愤怒地说：'我再也不会在报上登广告了！既然丢狗的失主都不登寻狗启事，那我为什么要多此一举，还不如将它卖到狗市里去好了。'"

"现在你给我睡觉去，帅克！"上尉命令道，"你这股傻劲会延续到明天早上。"说完上尉自己也去睡觉了。夜里，上尉梦见了帅克又把一位王位继承人的马偷来给了他。检阅的时候不走运的卢卡什上尉正好骑着那匹马走在连队的最前面，又被王位继承人认了出来。

天色已亮，上尉觉得他好像是被揍了一夜，因为一直做噩梦，这使他心神不宁。不久之后，他又熟睡过去了，他又进入另一个噩梦中，然后一阵敲门声将他吵醒了。门口出现了帅克的那张和善的脸庞，问什么时候叫他起床。

上尉在床上叹息着说道："滚，你这个畜生，实在太恐怖了！"

当他起床以后，帅克就为他送来了早饭，上尉非常惊讶地听见帅克问到："报告，上尉长官，我还要再为您弄一条小狗吗？"

"帅克，你知道吗，我对把你送到战地法庭十分有兴趣，"上尉深深地叹了一口气说，"可是检查官们也可能释放你，因为他们这一辈子也不可能见过像你这样的一头出奇的大蠢猪。你去照一照镜子，难道你就不为自己的傻相而感到伤心？你是我所见过的人里面最蠢的蠢货。喏，你给我说老实话，你喜欢你自己吗？"

"报告上尉长官，不喜欢，我在镜子里看到自己的脑袋像个松果或橄榄球似的，可能这张镜子磨得不太好。曾经在斯塔涅克开的唐人店里有一面哈哈镜，所有人在里面的形象都让人恶心。嘴巴像这样扯着，脑袋就像大脸盆，肚子如同一个醉酒的神父一样。反正总而言之就是一个丑八怪。有一天，总督先生从那里路过，往镜子里看了一下自己，立刻命令他们将这面镜子给换掉。”

上尉转过身去又长叹了一口气，他觉得还是让帅克去准备牛奶咖啡比较好。

帅克在厨房里一边瞎忙活着，一边乱唱着：

投弹手行进入布拉格城门，

军刀闪闪发光，

美丽的姑娘们泪流不止……

不久，从厨房里又传出了歌声：

我们这些军人就是国家的主人，

美丽的小姐都爱我们。

我们领了钱，

到哪儿都过得甜……

“你确实过得很甜蜜，你这个王八蛋。”上尉心里面这么想着，他吐了一口唾沫。

帅克的脑袋突然又出现在门口：“报告，上尉长官，兵营派传令兵过来通知您，让您立刻去见上校长官。”

他很贴心地又补了一句：“或许跟那只狗有关系。”

“我已经知道了。”上尉没有等站在前厅的传令兵开口就说道。

他很沮丧地走了，走的时候还狠狠地甩了帅克一眼。

这次传令不同以往，凶多吉少。上尉进到了上校的办公室以后，只见他紧锁双眉地坐在沙发上。

“两年以前，上尉先生，”上校说道，“您申请调到布杰约维策九十一团。您可知道，布杰约维策在哪里吗？在伏尔塔瓦河边上。对，就是在伏尔塔瓦河边上，一条奥赫热河或是其他河流经那儿。城市不算很小，准确来说，那里环境很好。如果我没有弄错的话，顺着河边还有一道堤坝，您知道堤坝是什么么？就是拦在水面上的一堵墙。对，可是，这些都没有关系，我们曾经在那一带演练过。”

上校沉思了一阵子，然后又看着他的墨水瓶，话题突然转变了：“您可将我那只狗宠坏了，它现在什么都不吃。看，墨水瓶里面有一只苍蝇。奇怪，天这么冷，怎么会有苍蝇落到墨水瓶里，这都是因为杂乱无章而造成的。”

“你有话就快说，你这个老不死的东西！”上尉在心里面嘀咕着。

上校站起身来在办公室中走来走去。

“我考虑再三，上尉先生，我不知道该怎样教训您，为了使这类事情不再发生。所以我想到了，您曾经申请调到九十一团，而最高指挥部前不久的时候通知我们说，现在九十一团缺军官，因为原来的军官大都被塞尔维亚人杀了。我用人格向您保证，三天内您就能够调到布杰约维策九十一团。那里正在筹建先遣营，您不用谢我，您这样的军官军队很需要，他们……”

此刻，他不知道下面应该说什么，因此就看了看表，接着说道：“现在十点半了，我要用最短的时间赶去团里听汇报。”

一场看似愉悦的谈话就这样结束了。上尉走出了办公室，他轻松地舒了一口气，然后就转到志愿兵军校去告诉大家，说他在这一两天之内就要奔赴前线，所以想要在纵演乐胡同中举行一个告别晚会。

到家时，他别有用心地问帅克道：“帅克，你知不知道什么是先遣营？”

“报告，上尉长官，先遣营就是派到前线去的营，就像先遣连便是派去前线去的连一样。我们用简称都已经习惯了。”

“那么，帅克，”上尉十分严肃地说，“既然你习惯了这么个简称，那么，我命令你：你将要和我一起跟先遣营走，可是上了战场后，你就不要像在这儿一样要弄你那套愚蠢的把戏了。听了这个消息你很高兴吗？”

“报告上尉长官，我十分高兴，”帅克回答说，“假如咱俩一起为效忠陛下和皇室在战场上牺牲，那该是多么光荣而又伟大的壮举啊……”